Meurtres en batterie

Du même auteur :

Tirez sans sommation !
Rouge Baltic
Mirage Fatal
Biscarrosse



www.patcartier.fr

PAT CARTIER

# Meurtres en batterie

Une enquête du détective Tom Randal

Roman

© 2025 Pat CARTIER
**Édition :**
BoD · Books on Demand, 31 avenue Saint-Rémy, 57600 Forbach, bod@bod.fr
**Impression :**
Libri Plureos GmbH, Friedensallee 273, 22763 Hamburg (Allemagne)
**ISBN: 978-2-3225-5840-7**
**Dépôt légal : mai 2025**

Tous les personnages et toutes les situations de ce roman relèvent de la seule imagination de l'auteur.
Toute ressemblance avec une personne vivante ou ayant vécu serait purement fortuite.

**Samedi** 18 septembre

**1**

La vibration intempestive de son smartphone réveille Léa Koenig à 2 heures du matin !

Elle allume sa lampe de chevet et découvre à ses côtés un individu qui ronfle, elle met un moment à reconstituer son emploi du temps de la soirée arrosée. Elle croit reconnaitre un des types avec qui elle a flirté dans la boite de nuit, elle aurait dû le virer.

Elle saisit son smartphone qui s'épuise à vrombir et décroche :

— Oui ? baille-t-elle.

— Léa ? je… désolé de te réveiller, c'est Pierre, Pierre Burnhaupt, chuchote ce dernier.

— Mais tu es malade de m'appeler à cette heure, ce n'est pas parce qu'on a baisé une fois que…

— Non, euh…deux fois, je crois, Léa !

— Dans tes rêves, oui, qu'est-ce que tu me veux ? lui demande-t-elle, un peu inquiétée par le ton de sa voix.

— Léa, je t'en supplie, écoute-moi : je viens de rentrer chez moi, je venais de ma réunion, tu sais, mon association ; et là j'ai…enfin je… dans le salon… Claudia et Laura mortes, assassinées, avoue Pierre en pleurant.

Interloquée, Léa réfléchit, elle aperçoit alors le jeune type à côté d'elle dans le lit, qui s'est assis, encore ensommeillé. Elle se rappelle qu'il n'était quand même pas si mal mais ce n'est plus le sujet :
— C'est quoi déjà ton nom ? lui dit-elle.
— Euh... ben Arthur, tu sais bien.
— C'est qui Arthur ? pleurniche Pierre à l'autre bout du téléphone.
— Bon, Arthur, casse-toi en vitesse, j'ai du travail, allez !

La situation se décante, Arthur s'est habillé, il lui fait un petit signe et file par le couloir jusqu'à la porte d'entrée qu'il claque.

Léa soupire, se lève toute nue et marche jusqu'à sa grande baie vitrée qui donne sur la Lauch s'écoulant doucement dans la nuit entre les maisons, elle frissonne car la fenêtre est entrouverte, mais cette vue la calme. Puis elle reprend la conversation avec Pierre Burnhaupt, qu'elle appelle parfois « Burn » pour l'énerver, mais ce n'est peut-être pas le moment ce soir :
— Bon, alors, c'est toi qui les as tuées ?
— Mais tu es folle !
— Alors raconte-moi plutôt ce qui s'est passé, Pierre.
— Pas maintenant, je ne peux pas, je deviens fou, j'ai la tête qui va éclater, je veux que tu me défendes, tu es la meilleure avocate de Colmar.
— Mais si tu n'as rien fait, pourquoi te défendre ?
— Dis-moi quand je peux te voir, s'énerve Pierre, c'est très urgent, Léa.

— Je ne comprends pas grand-chose à ton histoire, mais si tu veux, disons ce matin 7 heures au bistrot en bas de chez moi, que tu connais.

— Oui, merci, je ne touche à rien, mais si je sors de chez moi, on va croire que je m'enfuis, non ?

— Arrête ton cinéma, je t'attends dans … dans 5 heures.

Elle raccroche sans autre formule de politesse.

Léa trouve que Pierre n'est visiblement pas dans son assiette, d'habitude c'est plutôt un fonceur, assez peu diplomate d'ailleurs, elle se demande s'il a peut-être des ennemis.

Elle ne l'a plus vu depuis un bon moment, mais se souvient d'un gaillard plutôt grand, début quarantaine, avec une voix forte qui lui sert dans les discussions pour en imposer. Il est aussi légèrement enveloppé car il aime la bonne chère, et en Alsace cela ne pardonne pas, mais où est-il encore allé se fourrer ?

Il y a une dizaine d'années, ce célibataire joyeux a croisé Claudia Mangano, une magnifique Italienne aux longs cheveux noirs qui cherchait à s'installer à Colmar avec sa fille de 10 ans Laura. Fasciné par Claudia, il a réussi à les attirer dans le Val de Villé pour habiter avec lui dans sa jolie maison alsacienne et son architecture de colombages et de grès rose.

Le Val de Villé est une belle vallée entourée de montagnes, un endroit plutôt enchanteur, situé à l'ouest de Sélestat, au nord de Colmar.

Léa, elle, avait croisé Pierre il y a plus de dix ans, lors d'un cocktail organisé par la Chambre de Commerce de Colmar. Lui travaillait déjà comme directeur commercial d'une usine d'électronique située en zone industrielle.

Mais le centre d'intérêt de Pierre, c'est le Val de Villé, appelé par les habitants « la Vallée ».
Il est adepte d'une vie sportive, le tennis avec Claudia, les balades avec elle et Laura dans les Vosges sur les crêtes ou vers les châteaux qui surveillent la vallée.

Cette histoire de double meurtre est assez incroyable pour Léa car la Vallée est calme, il y a eu quand même trois disparitions, tout récemment dans l'année, non élucidées, ce qui a créé chez les habitants une tension palpable n'ayant jamais existé auparavant.
Une enquête avait été diligentée concernant ces disparitions, le dossier avait été curieusement vite refermé…elle n'en sait pas plus.

# 2

Il est 7 heures passé et Pierre n'est toujours pas là. Léa, attablée à la terrasse de son bistrot, entame déjà son troisième café longo accompagné de sa troisième cigarette, elle ne fume presque plus...

Comme elle ne va pas rester à son étude, ni plaider au tribunal ce matin, elle a enfilé une tenue simple, chemisier fin et pantalon de toile, avec un blouson de cuir fin, tenue facile à porter car elle sent que la journée ne va pas être simple.

Elle s'impatiente ! doit-elle aller directement dans la Vallée au domicile de Pierre ? ou bien plutôt...

Appel de Pierre :
— Léa, c'est foutu !
— Mais quoi ? que se passe-t-il ?
— Deux véhicules se sont arrêtés devant chez moi, il y a déjà plus de deux ou trois heures, ce sont les gendarmes appelés surement par mes voisins, ils les interrogent, tous regardent vers ma maison. Je ne peux pas sortir. J'étais assis par terre dans le salon, un gendarme qui est passé m'a fait sortir dans l'entrée, je n'ai rien dit, lui ne m'a rien demandé...c'est foutu, je suis foutu, Léa !

— Bon, dans l'immédiat si tu te fais arrêter ne réponds pas à leurs questions et attends que j'arrive, fais-moi savoir, dès que tu pourras, où ils t'auront emmené.
— Sans doute à la gendarmerie de Villé, c'est tout près…
— La seule chose que tu puisses dire c'est que tu attends ton avocate, c'est clair ?
— Ouais, bafouille Pierre.
— Mais dis-moi en deux mots pourquoi tu t'affoles ainsi, es-tu coupable de quelque chose ?
— Euh…oui et non.
— C'est très clair !
— Non, Léa, pas maintenant, n'insiste plus. Il raccroche.

Une heure s'est écoulée, Pierre n'a pas rappelé, la cause est entendue, il s'est fait coffrer.

Elle abandonne son troisième café, écrase sa cigarette et rejoint son étude, dans la maison qui jouxte le bistrot. Comment faire ? elle ne veut pas attendre l'enquête des gendarmes en laissant Pierre se décomposer dans une cellule.

Elle se souvient alors de son amie Madeleine, secrétaire à Paris de ce détective privé, Tom Randal, dont les enquêtes ont plusieurs fois défrayé la chronique, elle n'hésite pas :
— Allo, Madeleine ?
— Qui est à l'appareil ?
— C'est Léa Koenig, tu te souviens de moi ? je suis avocate à Colmar, on s'est…
— Oui, oui, j'y suis, Léa, dis donc, cela fait un bail ! quelles parties de rigolade on a eu toutes les deux, mais je n'étais pas encore mariée, j'étais en stage un an au Tribunal de Colmar…enfin, bref, mais tu sais, ici, mon patron, Tom

Randal, m'appelle Twiggy, du coup tout le monde, les clients, même la police de Saint Sulpice, tout le monde m'appelle Twiggy, c'est pour cela que je n'ai pas réagi à mon vrai nom de Madeleine.

— Ok, va pour Twiggy. J'aurais besoin des services de ton patron, comment dois-je procéder ?

— Il n'est pas encore au bureau, dis-moi de quoi s'agit-il.

— J'ai un client, Pierre Burnhaupt, enfin un copain que je connais de longue date, directeur commercial dans une boite ici à Colmar, qui vient de m'appeler au secours cette nuit vers 2 heures pour me dire qu'il vient de découvrir, enfin dit-il, en rentrant chez lui les corps sans vie de sa compagne et de la fille de sa compagne. Je devais le rencontrer ce matin à Colmar mais il vient de me faire savoir qu'il est bloqué chez lui, sa maison est cernée par les gendarmes et depuis il ne répond plus au téléphone.

— C'est…c'est peu clair…mais tu voudrais quoi de Tom ?

— Euh…si possible qu'il vienne ici d'urgence mener son enquête sur Pierre, en parallèle des démarches des gendarmes. C'est un cas grave, deux meurtres, je dois m'en occuper absolument, mais j'ai aussi des plaidoiries programmées à la cour d'appel de Colmar, je suis coincée.

— Et où se passerait l'enquête de Tom, à Colmar ?

— Non, pas du tout, toute l'affaire se déroule dans le Bas-Rhin, dans le canton de Villé, c'est une vallée relativement plate mais entourée des petites montagnes.

— Mais Colmar, c'est bien dans le Haut-Rhin ?

— Oui, mais l'enquête se passera essentiellement à Villé. C'est une chance car la brigade de gendarmerie de Villé dépend de la Compagnie de Sélestat, dont le commandant, Laurent Durban, est une bonne connaissance, je lui ai rendu déjà des services lors de récentes enquêtes.

— Ah bon, je lui transmets ta demande et tes commentaires dès qu'il arrive au bureau et il te rappellera lui-même.
— C'est gentil, Twiggy.
— Et toi, de ton côté, tout va bien ?
— Oui, je suis installée comme avocate ici, j'étais en couple avec un autre avocat pendant cinq ans, mais il devenait vraiment trop pénible, alors je l'ai largué il y a un an.
— Cela te fait quel âge maintenant ?
— 36 ans quand même, il faudrait que je m'assagisse.
— Tu as le temps, Léa. Cela me fait plaisir d'avoir de tes nouvelles, alors à bientôt
— Si tu veux découvrir l'Alsace, accompagne Tom, propose Léa.

Twiggy éclate de rire, « tu ne connais pas Tom ! ».

# 3

Rapport du samedi 18 septembre

Le Major Jacques Delerme, OPJ,
Brigade de Villé
à
Commandant Laurent Durban
Compagnie de Gendarmerie de Sélestat

La brigade de Villé a reçu plusieurs appels ce matin entre 2 heures 30 et 4 heures concernant un ou des coups de feu tirés depuis la maison de monsieur Pierre Burnhaupt, habitant à Villé rue du Soleil.

Ayant été informé à 3 heures, je me suis rendu avec trois gendarmes sur place.

Des voisins étaient dans la rue, j'ai fait relever leurs identités par mon adjoint en vue de prendre leur déposition.

Je suis allé devant la maison de Burnhaupt. Il y avait de la lumière dans une grande pièce du rez-de-chaussée. J'ai sonné, pas de réponse, la porte n'étant pas verrouillée, je suis entré.

Dans le salon j'ai découvert un individu affalé contre un mur, l'air hébété, sans réaction à mon arrivée. Il tremblait un peu, il avait un peu de sang sur son blouson et son pantalon. Il doit s'agir de Pierre Burnhaupt.

A côté de lui, à 2 mètres un fusil, par terre, et un peu plus loin, le corps sans vie d'une personne, allongée à plat ventre, les mains attachées dans le dos. Il semblerait qu'elle ait été étranglée, de plus les doigts de ses mains étaient comme mangés par de l'acide. Sa tête reposait au sol sur la joue droite, la figure était dévastée, l'œil gauche crevé, le front comme enfoncé avec un marteau, la personne est méconnaissable.

Contre le mur opposé, une autre personne qui devait être assise par terre a reçu un coup de fusil dans la bouche, il y a des morceaux de la cervelle collés au mur ainsi que du sang au mur et par terre. Cette seconde victime a aussi les mains attachées dans le dos. Elle s'est affaissée sur le côté droit. Les chevilles sont aussi liées et des ficelles pendent, comme coupées.

Je fais sortir Pierre Burnhaupt du salon avec les précautions d'usage et l'installe sur un siège dans l'entrée. Je fais mettre les scellés sur la porte du salon pour sécuriser la scène de crime.

J'envoie à la BR (Brigade de recherche) de Sélestat un message pour demander une intervention immédiate.

Je vais procéder à une enquête de voisinage.

4h00  Major J.Delerme

# 4

Rapport du samedi 18 septembre

Le Major Jacques Delerme, OPJ,
Brigade de Villé
à
Commandant Laurent Durban
Compagnie de Gendarmerie de Sélestat

J'ai pris l'initiative de récolter les dépositions des quatre voisins présents immédiatement pour éviter que leurs souvenirs ne se dissipent.
Il s'agit de trois couples et d'un homme seul, un veuf.

Le couple 1 (les détails complets des relevés d'identité figurent en annexe A) déclare avoir été réveillé à 2 heures par un coup de feu tout proche. Le couple s'est levé, a constaté que le salon chez Burnhaupt était éclairé, mais n'a vu personne.
Le couple 2 a fait une déclaration semblable, mais situe le coup de feu vers 1 heure 50, et déclare avoir vu une silhouette

bouger dans le salon, se baisser, se redresser, se rebaisser, mais c'était « fugace »…

Le couple 3 croit avoir entendu deux coups de feu, mais n'a pas vu de mouvement dans le salon, il cite la même heure de 2 heures.

Le veuf déclare avoir entendu une voiture se garer devant la maison vers 22 heures 30 et repartir quelques minutes plus tard, puis encore une voiture vers 23 heures 30, cette fois-là il s'est levé, a vu deux silhouettes entrer et sortir. Énervé, il a décidé de prendre un somnifère, il n'a entendu ensuite aucun coup de feu, pas plus que l'arrivée de Burnhaupt à 2 heures. Pour la première voiture il déclare qu'elle s'est garée devant chez Burnhaupt mais ne s'est pas levé pour vérifier que c'était bien cela…

J'envoie un de mes hommes faire le tour du quartier pour sonner à chaque porte, à partir de 8 heures, pour recueillir éventuellement d'autres informations.

5h30 Major J.Delerme

**Dimanche** 19 septembre

## 5

Le TGV de Tom Randal entre en gare de Colmar, à peine un peu plus de 2 heures ont suffi pour rallier la ville du Haut-Rhin depuis Paris.

Les paysages de Champagne et de Lorraine étaient sans relief, mais c'est l'arrivée en plaine d'Alsace qui a attiré l'attention de Tom, les contreforts des Vosges, les magnifiques vignobles, les villages aux maisons à colombages, de couleurs vives, et jusqu'à la cathédrale de Strasbourg qui s'apercevait de très loin, dominant la ville.

Tom a eu la veille un long entretien avec Léa au téléphone, elle a été très persuasive, il a finalement accepté de venir dès le lendemain.

Équipé de son fidèle sac cabine, il débarque, en ce début d'après-midi, sur le quai de la gare de Colmar, toujours aussi frisé, mince et d'allure sportive, portant allègrement ses 37 ans malgré déjà près de cinq ans passés à élucider des affaires bizarres en tant que détective et ayant plusieurs fois risqué sa vie ! il fait parfois des cauchemars en rêvant à ses enquêtes de Suède ou de Libye.

Mais comment reconnaitre cette Léa Koenig ? il y a bien sûr cette fille à l'allure superbe là-bas, qui le regarde d'ailleurs. Elle lui sourit et se dirige vers lui, élégante dans son tailleur jupe crayon et petits escarpins :

— Docteur Livingstone, *I presume* ? lui dit-elle avec un grand sourire.

— Léa ? réplique bêtement Tom, pour une fois surpris par l'humour de l'avocate.

— Eh oui, Tom, j'ai pris mes renseignements sur toi, balance-t-elle en adoptant d'emblée le tutoiement, ce qui n'est pas pour déplaire à Tom.

— Je suis venu dès que j'ai pu, Léa, suite à ton appel d'hier à Twiggy.

— C'est parfait, allons tout de suite à mon étude pour faire le point.

Ils traversent à pied la place de cette gare, un superbe bâtiment datant du début XXème siècle, en briques rouges et grès des Vosges du nord, le tout de l'époque où l'Alsace était annexée par le Reich voisin.

Tom, après un coup d'œil admiratif à ce monument néogothique, s'intéresse du même œil admiratif à l'allure dynamique de Léa qui marche devant lui, cheveux bruns taillés court et balancement rythmé des hanches. D'ailleurs il n'est pas seul à l'admirer, d'autres voyageurs devant la gare se retournent sur son passage.

Ils s'installent dans l'Audi Q5 blanche de Léa, Tom ayant balancé son sac cabine dans le coffre. Le court trajet les fait longer un charmant parc jusqu'au centre-ville. Elle se gare sur son emplacement réservé devant son étude, Tom l'escorte dans cette maison, d'une architecture début vingtième siècle, qui abrite ses bureaux.

Léa l'invite à s'asseoir face à elle dans un des fauteuils en cuir de sa table de travail, elle soupire en pensant à l'enquête qui va être lancée, puis lui sourit :
— Je vais directement au sujet qui nous occupe, Tom, j'ai beaucoup de choses à te dire.
— Je t'en prie, je t'écoute, tu as des nouvelles de ce Pierre Burnhaupt ?
— Oui, mais mauvaises : il a donc bien été arrêté hier par les gendarmes de la brigade de Villé. Comme je l'ai dit à Twiggy, cette brigade dépend de la Compagnie de Sélestat, et il se trouve que je connais bien le commandant, en charge de l'affaire, il s'appelle Laurent Durban..
— C'est une chance, s'exclame Tom.
— Oui et non, estime Léa. Oui, car nous nous sommes vus sur différentes affaires où j'ai pu lui apporter des informations qui l'ont aidé pour ses enquêtes, de ce fait nous avons de bonnes relations. Non, car tu penses bien qu'il ne va pas me donner des détails qui relèvent du secret de l'affaire.
— Je comprends.
— Il m'a quand même dit que Pierre était mutique, absent, bizarre.
— Tu lui avais peut-être conseillé de ne parler qu'en ta présence ?
— Oui, mais il a l'air comme effaré par ce qu'il a pu voir la nuit précédente, en tout cas il ne collabore pas aux interrogatoires. À tel point que Durban, qui craint pour sa santé mentale, l'a envoyé ce matin se faire expertiser à l'hôpital

psychiatrique de Stephansfeld, qui est à Brumath, un peu au nord de Strasbourg.

— Ce n'est pas exagéré ?

— Pour l'instant, j'ai senti que Durban tient clairement Pierre pour un coupable possible.

— Pourquoi donc ?

— Mais tout l'accuse ! Durban m'a juste dit, sous le sceau du secret, que les deux femmes ont été tuées, l'une d'un coup de fusil dans la tête, et l'autre par étranglement, qu'elles étaient attachées, et qu'un fusil se trouvait à côté d'elles. De plus Pierre avait même du sang sur ses vêtements…

— Aïe, cela le désigne vraiment comme coupable, que puis-je faire dans ce cas ? comment t'aider, Léa ?

— J'avoue que je ne sais pas…

— Les corps se trouvaient où ?

— Dans le salon de la maison de Pierre.

Tom essaie de réfléchir à cette situation bloquée. Il arrive aussi un peu trop tard car il ne peut plus accéder à la scène de crime.

— Mais le vrai problème, reprend Léa, c'est qu'un coup de fusil a retenti la nuit en question à environ 2 heures du matin quand Pierre est rentré, cette coïncidence désigne clairement Pierre comme coupable, il n'y avait personne d'autre dans la maison.

— C'est sûr qu'il n'y avait personne d'autre ? s'étonne Tom.

— Oui, confirmé par Durban lui-même. Le bruit a réveillé les voisins qui ont constaté qu'il y avait de la lumière dans le salon chez Pierre.

— Mais il y a eu un seul coup de fusil ?

— Euh...oui, Durban n'a pas donné plus de détails, regrette Léa.

— Je ne vois pas comment Pierre peut s'en sortir...je pourrais déjà questionner les voisins ?

— Oui, pourquoi pas, mais cela va être dur de sortir Pierre de ce pétrin, je n'ai pas hérité d'un cadeau avec son coup de fil...

— Par où veux-tu que je commence cette enquête ?

— Bon, alors on se reprend : d'abord je voudrais que tu ailles demain à cet hôpital de Stephansfeld, essaie de voir Pierre et de lui parler discrètement, il doit être forcément surveillé par des gendarmes. Sinon contacte au moins le directeur du centre hospitalier, je te donnerai ses coordonnées, il pourra sans doute t'en dire plus, sous couvert bien sûr du pseudo secret médical, sourit Léa.

— Cela est bien dans mes cordes, approuve Tom.

— Sinon, je te confie une grande enquête : tu sais que Pierre vit dans le fameux Val de Villé, je pense que c'est là que réside le mystère de cette affaire. Je t'ai réservé une chambre à l'hostellerie des Trois Sapins à Villé, d'où tu pourras rayonner dans la vallée...

— Mais je rayonne déjà depuis que j'ai posé le pied sur le quai de la gare, sourit Tom pour détendre l'atmosphère un peu tendue.

— OK, sacré Tom, oui c'est bien et j'espère que l'atmosphère ne va pas trop s'alourdir. Je vais commencer par te confier à une copine qui a sa maison de vacances ou plutôt de weekend dans la Vallée, je l'ai prévenue de ta visite, elle connait Pierre et tous les « *gossips* » de la vallée, en plus elle est psychiatre, tu vois.

— Je vais peut-être louer une voiture pour tous ces déplacements.

— Je l'ai déjà fait, elle est garée à côté de la mienne, une Renault Captur, tiens, voici les clés, tu vas me suivre, je t'emmène à Villé, aux Trois Sapins.
— Tu es organisée, Léa !
— Il faut bien, le temps joue contre nous, grimace-t-elle…visiblement il a été arrêté dans le cadre d'une enquête de flagrance.
— C'est quoi, cela ?
— C'est une procédure des gendarmes qui concerne les cas où visiblement le suspect numéro un est en possession de l'arme du crime, et est appréhendé sur les lieux du crime. Du coup, la garde à vue de Pierre peut durer sept jours, et même être reconduite une fois.
— Ce serait donc mieux de trouver une solution pour Pierre dans ce délai ?
— Oui, certainement. Le chef de la brigade de Villé, que je connais, a le grade de major et c'est un officier de police judiciaire, un OPJ. Il s'appelle Jacques Delerme, c'est lui qui a dû s'occuper du « gel des lieux », poser des scellés, débuter une enquête de voisinage, et passer le relais à la brigade de recherche de Sélestat, la BR comme ils disent, qui va sans doute procéder au relevé des empreintes, au prélèvement des traces d'ADN, et aussi prendre des photos.
— Et tu connais quelqu'un à cette BR ?
— Non, mais elle dépend directement de Laurent Durban, ceci dit cette affaire va prendre une autre dimension, on risque de nous envoyer dès aujourd'hui la section de recherche, qui dépend, je crois, du niveau départemental, donc de Strasbourg, ou même les techniciens en investigation criminelle qui sont au niveau régional, mais aussi basés à Strasbourg…
— Tu en sais des choses, Léa.

— Oui, enfin tu sais, à force de côtoyer les gendarmes…donc ensuite ils vont envoyer leurs prélèvements à l'IRCGN qui…
— Attends, c'est quoi cela ?
— L'Institut de Recherche Criminelle de la Gendarmerie, quelque chose dans ce goût-là, ils sont très pointus ! ils s'occupent de toutes les analyses. L'Institut est à Cergy-Pontoise.
— Oh mais cela va prendre beaucoup de temps, s'inquiète Tom.
— Cela dépend, moi, j'ai eu une affaire, un jour, où j'ai eu les résultats en 72 heures…
Léa et Tom sont chacun devant leur voiture, Léa, qui essaie de garder le moral, donne quelques derniers conseils positifs à son détective :
— Profite de la route pour admirer au passage des châteaux de la région, tu verras d'abord le fameux Haut-Koenigsbourg qui a été retapé par le kaiser Wilhelm toujours au début du XXème siècle…
— C'est bien ce château qui figure dans le film de Renoir « La Grande Illusion » ?
— Oui !
— Avec Gabin et Pierre Fresnay.
— Absolument, ensuite on croise la Route des Vins mais on ne s'arrête pas cette fois-ci…sourit-elle.
— Ce sera pour une autre fois, s'exclame Tom fataliste.
— Puis on arrive à l'entrée de la vallée de Sainte-Marie-aux-Mines, près de Sélestat qui est aussi gardée par deux châteaux, en ruine, et un peu plus loin quand on bifurque pour entrer dans le fameux Val de Villé tu verras sur la gauche encore un autre château, le Frankenbourg. Mais regarde aussi la

route pour ne pas finir dans le fossé, éclate de rire Léa, et puis, Tom, on est fin septembre, en plein dans les vendanges...
— Vengeances ? coupe Tom tout sourire.
— Peut-être, donc durant les vendanges, fais attention aux tracteurs qui débouchent sur la route avec leurs charrettes chargées de grappes de raisin.

## 6

Tom se gare à côté de la voiture de Léa sur la place principale de Villé, un petit bourg tranquille en cette fin d'après-midi.

Ils entrent à l'hostellerie des Trois Sapins, où Léa présente Tom à la patronne installée à la réception :
— Traite-le bien, Simone, c'est mon invité.
— Bien sûr, monsieur, vous dinerez ici ce soir ?
— Oui, Simone, intervient Léa, il doit goûter ta cuisine, et donne-moi ses clés, je vais lui montrer sa chambre.
— C'est vrai que tu connais bien notre établissement, balance Simone avec un air plein de sous-entendus.

Simone tient son établissement avec fermeté mais toujours avec le sourire, elle arbore une soixantaine dynamique, et essaie de conserver une silhouette avenante malgré l'âge et la bonne nourriture. Un léger voile de tristesse affleure dans son regard.

Léa fait signe à Tom de la suivre dans l'escalier en bois qui émet un grincement de bienvenue, elle vérifie le numéro de la chambre, « ah Simone t'a soigné, c'est la 11 », ils entrent et

Tom découvre la pièce dans un pur style alsacien, des boiseries, un lit large surmonté d'un édredon façon meringue :
— Cela te plait ?
— Oui, très bien, dit Tom en casant son sac cabine à côté de l'armoire peinte avec des motifs de fleurs.
— Donc demain fonce à Stephansfeld pour contacter Pierre, et au retour informe-moi tout de suite s'il y a du nouveau, ensuite va voir cette copine dont je t'ai parlé, elle s'appelle Nina Beckmann, voici son adresse et son numéro de téléphone sur cette carte de visite, allez, je te laisse, sois sage ce soir, éclate de rire Léa.

Elle s'approche, lui chuchote « à demain », lui prend doucement la tête et l'embrasse furtivement sur le coin de la bouche, puis elle sort comme le ferait une actrice de théâtre, laissant Tom sans voix.

Le soir est tombé, il ne faut que quelques minutes à Tom pour ranger ses affaires dans l'armoire et à la salle de bain, il prend une douche et change de tenue, chemise bleue et pantalon cargo beige, sa tenue fétiche. Mais déjà le téléphone de la chambre sonne, c'est Simone, « Monsieur Randal, vous êtes attendu au restaurant au rez-de-chaussée ».

Tom la remercie, étonné de ce coup de fil, certes il est déjà 19 heures, mais après tout il semble bien avoir une petite faim, alors il descend.

À la réception, Simone est en discussion avec une jolie femme, Tom cherche du regard où est l'entrée du restaurant, mais Simone vient à lui, « je vous présente Nina Beckmann qui dine avec vous », Tom tombe des nues, sourit néanmoins, serre la main douce de Nina, une belle femme, vive et dynamique, cheveux couleur châtain mi-longs, arborant un sourire engageant.

Simone leur demande de la suivre et va les placer au restaurant à une table près d'une fenêtre. La nappe est recouverte de motifs alsaciens, les verres ont un pied torsadé vert, Tom fait signe à Nina de bien vouloir s'asseoir :

— Veuillez m'excuser, je croyais vous rencontrer seulement demain, bafouille Tom.

— Je suis désolée, c'est moi qui ai dit à Léa que je préférais te voir dès ton arrivée, ce serait mieux pour ton enquête, surtout si tu vas déjà demain matin à Stephansfeld.

— Mais c'est très bien ainsi, je suis ravi de vous r...enfin de te rencontrer maintenant, bredouille Tom face au sourire désarmant de Nina.

— J'ai beaucoup de choses à te dire, oui, d'abord me concernant, je me présente, je suis psychiatre à Colmar, mon mari, qui est dermatologue, travaille à Strasbourg, on se voit donc très peu. J'ai quarante ans, nous n'avons pas d'enfants. J'ai une maison de campagne dans le fond de la Vallée, cachée dans les bois.

— Tu veux que je me présente aussi peut-être ? propose benoitement Tom.

— Non, Léa m'a déjà tout dit, sourit Nina. Concernant la Vallée, il y a eu beaucoup de changements, le Val de Villé, qui était un havre de paix, est maintenant un lieu presque dangereux, dont il faut connaitre les codes, sinon tu vas à ta perte.

— Bien, juste une autre question, Léa est-elle mariée ?

— Elle t'a tapé dans l'œil ? éclate de rire Nina, bon alors je te résume : Léa, déjà 36 ans mais elle assume, divorcée, pas trop farouche, elle aime bien se divertir, mais dans son métier elle est très professionnelle.

— Euh…excuse-moi pour cette question, alors je t'écoute religieusement, s'inquiète Tom.

— Tu as vu en passant ce quartier très moderne jouxtant Villé ?

— Oui, c'est bizarre, cette longue rue droite avec au fond un grand bâtiment, un style un peu différent du reste des habitations d'ici, et aussi j'ai vu sur la droite vers la montagne ce qui ressemble à une énorme carrière à ciel ouvert qui défigure le paysage.

— C'est cela, alors commençons par ce que tu appelles la carrière : je résume, depuis bientôt huit ans un groupe industriel étranger cherche à exploiter un important gisement de lithium, il n'a pas encore reçu pour l'instant les autorisations définitives de la préfecture de Strasbourg, mais a déjà entrepris de faire toutes les installations qui serviront à la future exploitation : nombreux sondages dans le sol bien sûr, mais aussi routes d'accès, hangars pour les engins de chantier, et délimitation des futurs accès au sous-sol minier. Ce groupe agit au travers d'une société intitulée Minalit.

— Et son dossier est en bonne voie ?

— C'est très complexe, c'est le débat actuel, on en reparlera.

— Quelle est la nationalité de ce groupe ?

— Suédoise, son président s'appelle Sven Svenson, je ne l'ai vu que deux ou trois fois en huit ans.

— Les parents Svenson n'avaient pas beaucoup d'imagination, sourit Tom.

— Si tu veux, concède Nina avec un air amusé, mais le directeur est russe ou non, plutôt lituanien, il s'appelle Sotokine, Boris Sotokine, il parle le russe couramment, le

français aussi d'ailleurs, et vient très souvent par ici. C'est un grand gaillard d'une cinquantaine d'années, un peu d'embonpoint, il en impose par sa prestance.
— Il est là en ce moment ?
— Il devrait arriver très prochainement.
— Tu me le présenteras ?
— Oui bien sûr. Son adjoint, présent ici en permanence, est français, un peu austère et fort désagréable à mon goût, presque 50 ans, un look peu soigné, il s'appelle Derrien, Valère Derrien, breton je crois.
— Il habite dans la Vallée ?
— Oui.
— Il se mêle aux habitants ?
— Pas vraiment, non. Ces deux-là ont embauché ensuite un habitant de la Vallée comme faire-valoir, le traitre de service, dirais-je un peu méchamment, Louis Weber, la cinquantaine aussi, grand, mince et déjà presque chauve. C'est un sportif. Il sait aussi être gai et sympa, un type très opportuniste, c'est sa marque de fabrique, mais moi je ne le supporte pas.
— Un beau trio en somme !
— Oui, Sotokine s'occupe du côté politique du dossier qui se traite à Strasbourg et à Paris, Valère Derrien est en charge de l'organisation des travaux de Minalit et Louis Weber est régisseur de Neudorf pour afficher une façade « tout va bien ».
— Neudorf ?
— Oui, le quartier plus moderne que tu as aperçu, en venant en voiture, prolongeant un peu Villé, en direction de Neuve-Eglise.
— Pourquoi ce quartier ?
— C'est la vitrine du groupe Sotokine, j'allais dire un quartier Potemkine, mais ce n'est pas vrai car il a tout d'un vrai

petit bourg. Lui et Derrien ont fait construire par des promoteurs avides beaucoup de logements, d'ailleurs ils y ont logé au début près de cinquante employés et ouvriers travaillant sur le site de la mine.

— Mais au fait combien d'employés travaillent chez Minalit ?

— Au début c'était presque une centaine, dont beaucoup de gens de la Vallée, puis avec les dossiers qui trainaient à Paris, Minalit a réduit progressivement les employés à une équipe d'entretien du matériel et de surveillance des lieux, soit une dizaine, et depuis six ou neuf mois il ne reste plus que quelques personnes.

— C'est curieux, cela ! pour en revenir au quartier de Neudorf, combien de logements ont été construits ?

— Au total il doit y avoir moins d'une cinquantaine d'habitations construites par les promoteurs de Colmar le long d'une seule rue, mais le clou, c'est surtout, au bout de cette rue, un terrain de football, un club de tennis avec club-house et restaurant, adossé à une grande salle multifonctions, salle des fêtes ou de concert, qu'on appelle le Centre, et tout contre une piscine couverte dans le même périmètre.

— Impressionnant !

— Ce complexe attire non seulement les gens de Villé, mais aussi beaucoup de villageois des environs, autant de personnes qui oublient les futures nuisances qu'engendrera l'activité minière de Minalit la bien-nommée.

— Mais c'est surdimensionné ! s'étonne le détective.

— Oui, le Centre est un grand complexe, heureusement avec un seul étage, où sont situés le siège social de Minalit, l'entreprise de Sotokine, et les vastes locaux d'habitation du régisseur du quartier, Louis Weber.

— Mais il faudra que je visite tout cela ! s'exclame le détective.

— Attends Tom, parle un peu moins fort, il y a des clients dans le restaurant, des commerçants qui me connaissent, qui essaient de capter tout ce que je raconte, il vaut mieux faire attention.

— Ok je baisse le ton.

— Donc je disais que ce quartier est fait pour montrer combien la vie est tellement meilleure avec Sotokine. Par exemple je fais partie, avec Léa d'ailleurs, de l'équipe féminine de tennis de Villé et nous avons toutes migré vers le Neudorf Tennis Club qui est beaucoup mieux installé. Les fêtes aussi se font maintenant à Neudorf. Louis Weber est lui-même président du Tennis Club. Du coup beaucoup de jalousies, de rancœurs, d'ambitions entre les habitants, les paysans, les commerçants, ceux qui tirent profit de la présence de Sotokine et ceux qui le haïssent surtout à cause de la dégradation du paysage et la future pollution du site de la mine.

— Oui, mais cela reste gentillet.

— La moitié de la population de la Vallée milite contre cette implantation qui détruit le cadre de vie traditionnel auquel tous sont attachés.

— Peut-être…bougonne Tom.

— Les familles sont partagées, des couples se font et se défont, si tu vois ce que je veux dire, des coucheries, des trahisons à droite et à gauche.

— Oui, marmonne Tom peu convaincu.

— Et la puissante Association de Défense de la Vallée, l'ADV, qui a réussi pour le moment à bloquer le dossier de Sotokine, est dirigée d'une poigne de fer par Pierre Burnhaupt.

— Allons bon ! revoici mon client ! mais tu as une idée de qui a pu tuer Claudia et Laura ? chuchote-t-il.

— Non, une idée précise pas du tout, mais il est clair que Pierre est l'ennemi numéro un de Sotokine. Cependant si quelqu'un est prêt à tuer, il serait plus simple, à mon avis, de s'en prendre directement à Pierre plutôt que de faire pression sur lui en assassinant sa compagne Claudia et la fille de cette dernière, Laura, non ?

— Sans doute…réfléchit Tom, mais Pierre et Claudia s'entendaient bien ?

— Oui, mais avec le temps moins bien qu'au début, c'est classique. Claudia était difficile à cerner, elle faisait aussi partie de notre équipe de tennis féminine, je l'appréciais bien, par contre je n'ai jamais aimé Pierre, un peu bourru, et aussi coureur, bien qu'il se soit calmé assez récemment.

— Ce qui veut dire quoi ?

— Pour l'instant rien de plus, sourit Nina énigmatique.

— Mais si tu me caches des informations je ne progresserai pas, s'offusque Tom.

— Non, je veux juste t'en dire suffisamment pour t'aider à démarrer, mais sans te polluer. Je ne veux pas que les racontars orientent faussement ton enquête, mais je t'en reparlerai dès que tu auras déjà des faits réels à mettre dans ton rapport. Ah si, une affaire récente qui a agité la Vallée, je ne sais pas si Léa t'en a parlé : trois disparitions dans la Vallée dans les six derniers mois ?

— Non, elle a évoqué ces disparitions mais n'a pas eu le temps d'entrer dans les détails.

— Il s'agit d'un contremaitre allemand travaillant chez Minalit, d'un retraité de la Vallée ami de Pierre, et d'une employée stagiaire dans les bureaux de Minalit à Neudorf. Trois personnes disparues du jour au lendemain, sans explication, dans les premières semaines du deuxième

trimestre. Des plaintes ont été déposées à la gendarmerie de Villé, les enquêtes sont toujours en cours, à ma connaissance.
— Je pourrai poser la question aux gendarmes, merci.
— Ceci dit je peux te donner les noms de personnes qui en savent plus que moi sur des faits pouvant avoir un rapport avec tes recherches pour Léa.
— Par exemple ?
— Simone Kieffer, la patronne d'ici, bien sûr en est une, ainsi que Gladys Sengel qui travaille dans une pharmacie et aussi les cousins Schmitt, Sepp et Dany, qui aident Pierre dans son association, l'ADV. Et pourquoi pas la secrétaire de la société Minalit, dont le bureau est à l'étage du Centre, à côté de l'appartement de fonction de Louis Weber, elle s'appelle Valérie Kuntz. Je te donnerai leurs coordonnées.
— Bon, concède Tom. Alors pour en revenir à ton équipe féminine de tennis, qui en sont les autres membres ?
— Alors d'abord Léa, bien sûr, ensuite Jessica Weber, la femme du président Louis Weber, une bonne joueuse, dont je me méfie car je ne sais jamais si elle raconte tout ce qu'elle entend à son régisseur de mari. Ils habitent dans leur appartement de fonction à l'étage du Centre. Il y a aussi Elise, Elise Wolff, de Strasbourg mais qui vient seulement les weekends avec son mari Jean, banquier à Strasbourg, se délasser dans la Vallée, ils ont une maison à Triembach. Elise est une costaude qui frappe fort. Mais ce couple est peu intégré dans les réseaux de la Vallée. La quatrième c'est Marie Bernardin qui habite à Chatenois, à l'entrée du Val de Villé, une belle plante, qui affole les spectateurs avec son service déhanché un peu atypique, éclate de rire Nina, et puis moi bien sûr.
— Et vous avez des matches souvent ?

— Figure-toi que le prochain est après-demain contre les filles de Sélestat, j'espère que tu viendras nous encourager !
— Je ne manquerais cela pour rien au monde, plaisante Tom.
— Et le soir Louis Weber organise une grande fête à la salle du Centre de Neudorf !

La discussion s'est faite plus légère, Nina dévisage Tom avec insistance, lui sourit, sans doute à cause du Riesling qui a parfumé la dégustation et mis une note de gaité bienvenue.

Les plats commandés au début se sont succédés, Tom n'a pas échappé à la choucroute, succulente, ni au munster coulant à point, ni à la tarte aux quetsches...

Le vin aidant, Tom veut connaitre des détails du métier de Nina :
— Dis-moi, Nina, tu travailles dans ton cabinet ?
— Oui, mais parfois aussi à l'hôpital de Colmar.
— J'ai toujours voulu savoir pourquoi le patient est sur un divan, et le psy est derrière...
— À ton avis ?
— C'est bien une réponse de psy en forme de question au patient, sourit Tom.
— Oui ?
— Alors le psy est-il derrière pour pouvoir lire tranquillement son journal, ou faire la sieste ? questionne audacieusement Tom.
— Ah ! ah !
— Bon, excuse-moi, et le transfert ? tu es déjà tombée amoureuse d'un patient ?
— ...oui.

— Alors là je ne sais plus quoi dire, rougit Tom, enfin si : comment fais-tu pour t'en sortir ?
— Ce n'est pas facile, cela arrive quand même rarement, tu sais, Tom.
— Oui mais quelle est la solution ?
— Tu es opiniâtre, tu ne lâches rien, Tom. Alors la solution la plus simple c'est d'envoyer ce patient à un confrère.
— Oui, mais si le patient ne veut pas ?
— Alors le psy peut aller lui-même voir un confrère pour se débarrasser de cette attirance.
— Et sinon ? s'acharne Tom.
— La dernière solution, c'est d'épouser son patient, éclate de rire Nina.

Tous deux rient en même temps, ce qui attire à nouveau les regards des autres clients. Nina n'en a que faire, d'ailleurs il lui arrive de glisser sa main sur celle de Tom pour appuyer ses propos.

Simone s'approche d'eux, toujours très alerte, habillée de façon élégante, gérant son établissement avec professionnalisme et sourire, sachant recevoir. Tom s'interroge toujours sur ce voile de tristesse dans le regard, ou bien est-ce juste le sérieux professionnel ? elle s'appuie sur leur table et sourit :
— Une bonne ambiance à votre table !
— Oui, je suis très heureux d'avoir fait la connaissance de Nina.
— Tom veut tout savoir sur la Vallée, intervient Nina.
— Alors vous êtes en de bonnes mains, Tom.
— Simone, votre accueil est très chaleureux, merci.

Elle sourit et quitte la table.

Tom la regarde s'éloigner :
— Simone a un mari ? questionne-t-il.
— Elle en avait un, il faisait des courses de rallye, notamment la course de côte de Fouchy tout près d'ici, il s'est tué lors d'une course, cela a été dur pour elle, commente Nina avec compassion.

Ensuite il faut goûter, avant de quitter la table, au verre de poire Williams que vient d'apporter Simone, puis Tom, accompagné de Nina, se retrouve un peu éméché dans le hall de l'hôtel, s'apprêtant à la remercier d'être venue ce soir.

Très naturellement, tenant Tom dans ses bras pour lui dire au revoir, elle s'enquiert de savoir s'il est bien logé. Tom lui assure que oui, sous le regard narquois de Simone, qui veille sur son établissement.

Nina l'embrasse rapidement sur les deux joues et quitte l'Hostellerie des Trois Sapins…

**Lundi** 20 septembre

## 7

Ce matin, en descendant de sa chambre, Tom n'a pas échappé au même sourire narquois de Simone qui lui souhaite une bonne journée et l'invite à entrer dans la salle du petit déjeuner.

La salle sent bon le café et les viennoiseries. Tom sympathise au buffet avec un couple d'Australiens en vacances. Ils se découvrent des points communs sur la Nouvelle-Zélande où Tom a mené sa première grande enquête.

Il goûte au fameux kougelhopf qu'il tartine de miel de sapin sombre, épais et onctueux, un pur délice. La tartine de brioche soutenant une épaisse couche de confiture de mirabelles est aussi un grand moment…à condition qu'elle ne s'affaisse pas sous le poids de la confiture…

En buvant son café, il savoure un court instant de calme avant la tempête en parcourant du regard cette salle et le ballet des clients autour du buffet.

Il se lève, salue le couple d'Australiens d'un geste amical et sort dans le hall, où il est apostrophé :

— Alors vous allez à Stéphansfeld ? c'est à Brumath, sourit Simone.

— Oui, reconnait Tom qui ne s'étonne plus de la circulation rapide des informations dans la Vallée.
— Vous connaissez ?
— Non, pas du tout.
— Le nom plus classique est « Centre hospitalier spécialisé en psychiatrie » mais c'est un peu long. Il date du 19$^{ème}$ siècle, mais, bien avant, c'était à l'origine une commanderie qui avait été érigée à cet endroit pour accueillir et soigner des nécessiteux, explique soigneusement Simone un peu bavard, mais bien documentée et qui aime à juste titre sa région.
— Et plus récemment ?
— Après la guerre perdue par la France en 1870 une administration allemande a été mise en place, jusqu'à la fin de la Première Guerre Mondiale. La Deuxième Guerre Mondiale n'a pas épargné cet établissement, mais vous savez, toute l'Alsace n'a pas non plus été épargnée, avec ces trois guerres successives, conclut Simone sur un ton fort sérieux.
— Merci, Simone, pour ces précisions…complimente Tom qui songe surtout à prendre la route.
— Mais vous savez, si je puis vous donner mon avis, c'est la faute à Bismarck. Le chancelier allemand, en 1871, a gagné la guerre contre Napoléon III, il a annexé l'Alsace et la Moselle, du coup les Français, qui ont quand même mis du temps à se décider, si je puis me permettre, ont voulu récupérer leurs territoires en 1914, les Allemands ont perdu cette fois-ci et les clauses du traité de Versailles de 1919 ont été lourdes pour les Allemands. Finalement ceux-ci ont cherché à leur tour à gagner la troisième manche, c'était en 1939, mais on sait comment cela s'est terminé.

— Simone, vous êtes une mine de connaissances, mais là je crois que je vais me mettre en route, vous comprenez surement, n'est-ce pas ?

Tom sent bien ce particularisme alsacien dans la voix de Simone qui lui avait dit la veille qu'on appelait encore parfois les Français qui ne résidaient pas en Alsace les « gens de l'Intérieur »…

Une bonne heure plus tard, Tom a pénétré prudemment dans le Centre Hospitalier de Brumath à la rencontre du directeur, Denis Prichard, avec lequel Léa avait pris rendez-vous pour lui.

Il se gare devant un bâtiment assez moderne après avoir longé une église fort ancienne.

Tom se présente à l'accueil, il est pris en charge par une employée en blouse bleue, cheveux tirés en arrière, qui le mène jusqu'au bureau de Prichard, une grande pièce meublée à l'ancienne donnant sur le parking et un espace vert.

Le directeur, petit, une chevelure grisonnante annonçant une soixantaine bien entamée, vient l'accueillir, il est habillé « en civil » ressemblant à un directeur de société classique. Il arbore une moustache soigneusement taillée à l'horizontale, Tom se dit qu'il manque le nœud papillon pour parfaire ce tableau.

Il installe Tom face à lui, son bureau immense est surchargé de dossiers :

— Maître Léa Koenig m'a prévenu de votre passage, monsieur… Stendhal.
— Randal, monsieur Prichard, je serais ravi d'écrire comme Henri Beyle mais ce n'est pas le cas, sourit Tom.
— Veuillez m'excuser, que puis-je pour vous ?
— Vous avez dans vos locaux Pierre Burnhaupt, mon client, à qui je souhaiterais parler.
— C'est exact, il est ici, nous l'examinons et je pense que cela vous sera possible de lui parler. Je jette un œil aux derniers comptes-rendus, voyons voir…dit Prichard en fouillant un dossier.
— Votre impression d'ensemble, monsieur Prichard ?
— Bonne et mauvaise, bonne car il n'est pas excité, on peut le côtoyer sans problème, mauvaise car suite au traumatisme qu'il aurait subi il est très déprimé, mutique, absent. Pour un homme dans la force de l'âge cela inquiète car on craint des pulsions suicidaires, sans doute dues à un sentiment de culpabilité.
— Il a avoué à votre équipe des points précis concernant ce qui s'est réellement passé ce soir-là ?
— Non, pas vraiment, mais vous le laisseriez sur une chaise dans un couloir, vous le retrouveriez au même endroit le lendemain, nous devons essayer de comprendre ce qui se passe dans sa tête.
— Pourrais-je le voir, propose Tom qui sent qu'il perd son temps avec ce Prichard.
— Oui, bien sûr, je vais vous emmener moi-même dans ma voiture jusqu'au bâtiment où il est examiné.

Prichard se lève à moitié pour prendre ses clés sur un plateau, s'interrompt car elles n'y sont pas. Interloqué il réfléchit un instant, les sourcils froncés :

— Je les mets toujours ici, quand même...
— Votre voiture est garée où ? questionne Tom, mine de rien.
— Mais en bas devant l'entrée, j'ai ma place attitrée, vous savez ! s'exclame Prichard qui se lève d'un bond pour aller jusqu'à la baie vitrée contre laquelle il colle son front. Nom de Dieu, elle n'est plus là !
— Je peux peut-être aller avec vous dans ma voiture jusqu'au bâtiment dont vous parliez, susurre Tom qui commence à comprendre.
— Mais vous n'y êtes pas ! les clés étaient sur ce plateau et la seule personne que j'ai reçue ce matin était...ce Burnhaupt, bon sang !
— Pouvez-vous téléphoner à votre équipe pour...
— Excusez-moi, le téléphone sonne, ce doit être urgent.

Prichard décroche, il se met à éructer dans l'appareil, devient cramoisi, « mais ce n'est pas possible ! » et « vous avez laissé ma voiture sortir sans moi ! » crie-t-il au poste de garde à l'entrée de l'hôpital.

Prichard retombe de tout son poids sur son magnifique fauteuil de direction qui couine de douleur.

Tom réitère discrètement sa proposition d'aller voir le personnel soignant qui s'est occupé de Pierre.
Prichard, abattu, accepte.

Dans la Renault de Tom, le directeur tente de se souvenir comment Burnhaupt aurait fait pour lui subtiliser ses clés :
— Je ne comprends pas, il était entouré de deux gendarmes, je l'ai fait asseoir...

— Vous avez parlé aux gendarmes ?
— Oui, je suis même allé leur montrer sur le mur du fond mes diplômes et les photos d'époque de l'hôpital, ce qui les a intéressés…bon sang !

Quelques minutes plus tard, ils arrivent dans les locaux où Pierre était en observation, Prichard a retrouvé une partie de sa superbe, il pénètre dans la salle de soins, suivi de Tom. Les infirmiers et le praticien, aux abois, se sont regroupés dans un coin de la salle. Prichard explose, il veut des explications :
— Comment a-t-il fait pour vous fausser compagnie ?
— C'était pendant une pause, il a dit vouloir se rendre aux toilettes qui sont juste là, répond un infirmier en désignant une porte, mais il y a aussi une autre porte permettant de ressortir par le couloir…
— Mais les gendarmes qui l'ont amené ici, où sont-ils ?
— C'est-à-dire, monsieur Prichard, bafouille le praticien, que nous leur avons dit qu'ils pouvaient aller en ville à Brumath, et que nous les appellerions à la fin de notre examen médical.
— Ah c'est malin, cela ! tonne Prichard.
— Euh…en fait on a commencé par faire des relevés de tension, température, aussi une prise de sang qui est en cours d'analyse, il était très calme, absent, et nous allions commencer à lui poser des questions selon notre procédure habituelle pour évaluer ses facultés de compréhension quand il a demandé à se rendre aux toilettes…
— Il était toujours dans sa tenue de ville qu'il portait en arrivant ? questionne Tom.
— Oui, affirme le praticien, il était envisagé de le remettre aux gendarmes si nos analyses ne décelaient aucune raison de le garder en observation.

— Et vous avez déjà prévenu la gendarmerie ? s'indigne Prichard.
— Ben non, bredouille le praticien, nous ne savons pas où ils sont allés.
— Mais enfin, messieurs, éructe Prichard, rouge de courroux, à quelle brigade appartiennent-ils ?
— Je ne sais pas, avoue piteusement le praticien.
— Si, attendez, intervient un jeune infirmier, il y a là-bas sur la table leur ordre de mission, je regarde, voyons voir... brigade de Sélestat, rue de la Paix, un joli nom...
— Téléphonez-leur immédiatement, excusez-vous et qu'ils lancent l'alerte, ordonne le directeur Prichard qui reprend un peu le dessus.

Puis repris par un moment de découragement, il s'assied sur une chaise, se prend la tête entre les mains en bougonnant « quelle bande d'incapables ! et ma voiture ? mon téléphone de voiture ! comment je rentre à Strasbourg ce soir ? ».

Tom pense qu'il est temps de prendre congé, il n'en apprendra pas plus, il s'éclipse en silence.

# 8

Sur l'autoroute de contournement de Strasbourg, en direction de Colmar, congestionnée par un trafic de poids lourds, Tom parvient à joindre Léa au téléphone :
— Léa, tu es déjà au courant ?
— Non, Tom, de quoi ?
— Pierre s'est échappé de Brumath avec la voiture de Prichard.
— Bon sang, les gendarmes doivent déjà être au courant, car j'ai un message du commandant Durban qui veut me voir d'urgence à la brigade de Villé.
— Je pourrai te rejoindre là-bas pour faire en même temps la connaissance de Durban ?
— Oui, bien sûr, on se retrouve à la gendarmerie de Villé dès que possible.

Le GPS de Tom l'a conduit sans peine dans la rue du Haut Koenigsbourg où est située la gendarmerie de Villé, des locaux blancs, bas et modernes comme il en existe dans les communes rurales.

Après avoir sonné au portillon et s'être identifié, Tom pénètre dans la gendarmerie, Léa vient d'arriver, Laurent Durban était là depuis peu.

Il est introduit dans le bureau du major Delerme de la brigade, occupé en ce moment par le commandant Durban en charge de l'enquête, à qui il se présente.

Le bureau est sommaire, Léa est déjà assise, la mine renfrognée, le commandant Durban a le masque, ou plus vraisemblablement son visage, à quarante ans à peine, est sculpté par les turpitudes et vicissitudes que son métier l'oblige à côtoyer :

— Maitre Koenig, pouvons-nous parler en présence de votre détective ?

— Oui, j'en prends la responsabilité, déclame Léa, tandis que Tom lui sourit.

— Bien, alors pour commencer Burnhaupt est non seulement en fuite mais il est passé en plus il y a peu devant notre gendarmerie dans la voiture du directeur de Séphansfeld, il nous nargue.

— Qu'en penses-tu, Tom ? lance Léa.

— Je ne crois pas, il est venu se réfugier dans la Vallée, c'est pour lui un lieu sûr.

— Bon, bref, passons, il est bien clair, Maître, que nous nous voyons hors la procédure, je ne le fais que pour vous aider à ramener votre client à la raison.

— C'est entendu, confirme Léa qui commence à montrer un léger agacement.

— Bien, je précise donc que des voisins ont déclaré avoir entendu Burnhaupt arriver chez lui vers 2 heures, ranger sa voiture dans son garage. Quelques minutes plus tard ils ont entendu un coup de feu…mais ils ont mis un certain temps

pour appeler la brigade de Villé pour une intervention, ajoutant qu'il y avait de la lumière chez Burnhaupt.
— Un seul coup de feu ? questionne Tom.
— Oui, un seul, en tout cas c'est ce qui figure dans nos rapports, concède Durban. Après des hésitations, ces voisins sont sortis dans la rue sans trop oser s'approcher…
— Vous parlez là des voisins, mon commandant, poursuit Tom, s'agit-il d'un seul couple de voisins ou bien de plusieurs habitants de la rue où habite le suspect ?
— Je parle en fait de deux couples d'habitants, les plus proches de Burnhaupt. Bien, je poursuis, articule Durban qui commence à s'énerver d'avoir autorisé cet entretien, ils ont vu de la lumière dans le salon de la maison de Burnhaupt et se sont décidés à appeler le 17. Leur message a été transmis à la brigade la plus proche, celle de Villé, qui est arrivée dans la demi-heure qui a suivi, soit vers 3 ou 4 heures.
— Oui ? relance Léa qui ne voit pas où Durban veut en venir.
— Maitre Koenig, vous semblez ne pas vous rendre compte mais votre client Pierre Burnhaupt était bien seul dans la maison à 2 heures du matin, à l'heure où un coup de feu a retenti, c'est donc lui qui a tiré, il avait le sang de la victime sur ses vêtements, tout le désigne comme coupable.
— Mais…s'acharne Tom, il n'y a pas eu d'autre témoignage ?
— Je vous ai parlé des voisins les plus clairs, les plus dignes de confiance. Oui, il y en a eu un autre, un voisin qui vit seul. Ayant vu ses voisins témoigner, il s'est présenté pour dire qu'il a entendu, lui, à deux reprises, vers 22 heures et 23 heures, des voitures s'arrêter devant chez Burnhaupt, des silhouettes entrer et ressortir, tout un roman, mais il n'a pas

entendu Burnhaupt rentrer à 2 heures du matin, ni le coup de fusil, pas facile, voyez-vous, d'accorder ces dépositions.
— Mais…poursuit Tom.
— Il n'y a pas de mais, coupe Durban s'adressant à Tom, je veux dire que le suspect est dangereux, qu'il est en fuite et que je vais donner l'ordre à mes hommes de le neutraliser si nécessaire, c'est ce que je voulais vous dire ici, Léa, je suis désolé de ne pas pouvoir vous aider plus, mes fonctions ne m'autorisent pas d'écart.
— Commandant Laurent Durban, cher Laurent, attaque Léa avec tout son charme, toutes voiles dehors, vous savez bien que si nous dépassons le délai de l'enquête de flagrance, nous nous retrouverons sans doute avec une commission rogatoire et un juge d'instruction, et à ce moment-là j'aurai accès au dossier complet, alors pourquoi ne pas anticiper de quelques jours et me communiquer des éléments qui m'aideraient notamment à ramener Pierre Burnhaupt à la raison ?

Tom applaudit silencieusement à cette magnifique proposition.
Le commandant Durban réfléchit au pour et au contre, il sait que Léa ne lui jouera pas de vilain tour dans la procédure, bien sûr il y a ce Tom Randal qu'il ne maitrise pas, car ce détective semble incontrôlable, mais Léa s'est portée garante de lui, alors ? le risque est finalement minime, Laurent Durban baisse un peu la garde.

— Bon, le major de la brigade de Villé a trouvé, dans le salon de la maison, Pierre Burnhaupt qui était effondré le long d'un mur, à côté d'un fusil de marque Mauser. Il regardait les deux corps, comme tétanisé.

— Vous savez quand Claudia a pu être tuée ? interroge Tom.
— La mort de Claudia est datée par le médecin-légiste à vendredi soir, vers 20 heures, approximativement.
— Vous avez des détails sur ce meurtre ? poursuit délicatement Tom.
— Oui, elle a été étranglée, précise Durban, mais elle a été torturée auparavant. Son visage a été frappé à coups de marteau et un œil a été crevé. De plus on lui a trempé les doigts dans de l'acide comme pour effacer toute identification par ses empreintes digitales, mais vous pensez bien que nous avons la certitude de l'identité de la victime par les prélèvements ADN que notre section de recherche a faits.
— Vous avez pu reconstituer l'emploi du temps de la victime dans la journée du crime ? s'acharne Tom qui tient à soutirer d'autres détails.
— Euh…non, pas encore, reconnait Durban, sous le regard déçu de Tom.
— Des informations sur l'arme à feu, ce Mauser, et son calibre ? poursuit Tom.
— Oui, fait Durban qui hésite à donner toutes ces informations, c'est un calibre de balle utilisée pour les fusils de chasse. L'arme est un Mauser calibre 8,57, une arme allemande, ce type de carabine était utilisé depuis des décennies, même déjà, si je ne m'abuse, lors de la Deuxième Guerre Mondiale. Je veux dire par là qu'il s'agit certainement d'une arme achetée d'occasion n'importe où, en Allemagne ou en Europe Centrale par exemple, ou carrément sur internet, donc pas de piste à remonter pour trouver l'acheteur, en plus c'est une arme simple mais pratique par exemple pour chasser le sanglier ici en Alsace.

— Vous pouvez aussi parler, Commandant, du cas de Laura précisément ? enchaine Léa après un regard perplexe à Tom, du genre « on n'est pas sorti de l'auberge ».
— Oui, l'heure de la mort de Laura est estimée ce samedi vers 2 heures du matin.
— Vous êtes sûr ? s'inquiète Léa.
— C'est en tout cas l'avis formel du médecin qui a examiné le corps. Il est très clair qu'elle est décédée d'un coup de fusil dans la bouche.
— Attendez, vous parlez du coup de fusil qui a alerté les voisins ? s'affole Léa.
— Oui, à l'heure où Burnhaupt venait de rentrer, précise le commandant ajoutant une fois encore qu'il y avait de la lumière dans le salon, toujours selon les voisins.

Un silence pesant s'abat sur la pièce, Durban laissant Léa et Tom tirer eux-mêmes les conclusions découlant de cette précision :
— Vous laissez supposer que Burnhaupt était seul à 2 heures du matin dans le salon où les corps ont été retrouvés, à l'heure où les voisins ont entendu le coup de feu ? veut clarifier Tom.
— Je ne suppose pas, c'est vraiment le cas, marmonne Durban.
— Mais comment faut-il interpréter ce que vous dites ? questionne Léa.
— Il n'y a pas à interpréter, c'est notre travail de trouver des preuves matérielles validant telle ou telle hypothèse, jette Durban…
— C'est affreux, se lamente Léa.
— Vous avez des empreintes ou des prélèvements ADN sur le fusil ? poursuit Tom.

— C'est en cours d'exploitation, pour l'instant rien, soupire Durban. À vrai dire j'en ai déjà quelques-unes mais nous n'avons pas pu les rattacher à des personnes déjà fichées, il faudra que nous fassions une petite campagne de prélèvements auprès de gens qui ont pu côtoyer, de près ou de loin, les victimes de ces assassinats.

— Et pour le mobile, vous avez exploré la question ? reprend Tom.

— Euh…non, pas encore, j'attends une équipe de plus, sans doute de la section de recherche régionale.

— Commandant, intervient Léa, éprouvée par ces révélations, je vous remercie, il n'y aura aucune fuite de notre part concernant vos informations, vous savez que vous pouvez me faire confiance et de notre côté nous vous ferons part de tout détail qui pourrait aider votre enquête.

Elle se lève, Tom fait de même, il aurait pourtant tellement d'autres questions à poser.

Les deux saluent le commandant et sortent de la gendarmerie.

L'air frais leur fait du bien, ils sortent par un portillon et vont vers leurs voitures. Chacun est submergé par l'émotion, la cruauté des meurtres. Un long silence qu'ils hésitent à rompre, puis Léa prend la parole :

— C'est vraiment maintenant que tes recherches commencent, Tom.

— Oui, je vais chercher un mobile, fouiller l'emploi du temps des victimes, faire une enquête de voisinage, essayer aussi de retrouver Pierre Burnhaupt. Durban n'a pas parlé du propriétaire du fusil, ou des empreintes, tu pourrais le relancer à ce sujet demain par exemple ?

— D'accord, relancer oui, mais je connais sa réponse, bon, je te tiens au courant, dit Léa, et toi va voir Nina, elle a peut-être du nouveau sur Pierre qui, lui, ne va pas passer inaperçu dans la Vallée.

— Une dernière question, sourit Tom, pourrais-tu organiser dès que possible une réunion avec le staff de Minalit, avec Sotokine, Derrien, et aussi Weber, qui est quand même partie prenante dans toute cette affaire ?

— D'accord, cela devrait pouvoir se faire rapidement, cher Tom, sourit Léa.

Léa fait ensuite une brève accolade à Tom et s'enfourne dans sa voiture.

## 9

Une bonne idée de commencer par voir si Nina a du nouveau, question commérages dans la Vallée. Tom s'aperçoit qu'il ne connait pas son adresse précise par ici, la journée tire à sa fin, il l'appelle :
— Nina ?
— Ah, Tom, alors cette visite à Stéphansfeld ?
— Je pourrais te voir maintenant, j'ai besoin de faire le point avec toi.
— Pour le prochain tournoi de tennis ? bonne idée, viens.
— Mais ton adresse, Nina ?
— C'est à Fouchy, derrière Villé, dans la montée du col de Fouchy tu verras, juste après une petite chapelle, dans un virage, le chemin de Froide Fontaine et j'habite la quatrième et dernière maison à droite, Après, le chemin n'est plus praticable que par des tracteurs, je t'attendrai sur le chemin.

Tom se met en route, un peu étonné par le ton pressé de Nina, il aurait presque cru qu'elle craignait une écoute téléphonique…

L'arrière-vallée est pittoresque, elle est encaissée, majestueusement surplombée par la montagne entièrement recouverte de forêts denses de sapins.

Il se lance dans la montée du col de Fouchy, un panneau sur le côté lui indique d'ailleurs qu'une course de côte a lieu à cet endroit chaque année, Tom imagine volontiers que cette route étroite avec tous ses virages en lacet mérite un tel évènement.

Les indications de Nina étaient bonnes, il la rejoint dans ce vallon étroit et sombre où coule une petite rivière, on ne peut pas rêver plus calme.

Il se gare un peu difficilement dans le chemin d'accès à la maison de Nina, sort et l'embrasse rapidement car elle semble pressée de l'emmener à l'intérieur.

Il découvre un petit salon avec deux canapés et une table basse, le tout sur un vieux tapis élimé. L'empêchant de s'asseoir ou de commencer une conversation, elle le fait monter à sa suite à l'étage par un escalier en bois façon échelle de meunier, et les voilà dans une chambre à coucher de conte de fée, sommaire mais charmante, Tom la prend dans ses bras, il lui sourit, mais Nina le repousse doucement :

— Non, attends, Tom, pas maintenant.

— Ah bon, mais pourquoi tu m'amènes dans ta chambre à coucher ? dit-il.

— Il faut que je t'explique, c'est sérieux !

— Je t'écoute, concède Tom qui arrête de fixer le lit à côté qui leur tendait les bras.

— J'ai récupéré Pierre…

— Quoi ?

— Il s'est échappé de Stéphansfeld avec la voiture du directeur, tu le sais peut-être.
— Oui, l'alerte a été donnée quand j'étais encore là-bas.
— Il m'a appelé à l'aide avec le téléphone de la voiture de ce Prichard, nous avons convenu d'un lieu de rendez-vous, à Urbéis derrière Fouchy et je l'ai ramené ici.
— Mais si la brigade a décelé l'appel de la voiture, les gendarmes vont débarquer ici très prochainement.
— Je n'avais pas le choix, mais je voudrais que tu puisses l'interroger avant qu'il ne soit repris.
— Où est-il ? dit Tom en regardant autour de lui. Pour un peu il regarderait sous le lit…
— Il est dans une cachette en bas, tu es d'accord de lui parler, sans aller le dénoncer ensuite ?
— Euh…oui, je te le promets.
— Alors, suis-moi.

Les voilà qui redescendent précautionneusement l'escalier pentu qui a dû voir pas mal de chutes dans son existence.

Dans le salon Nina demande à Tom de l'aider à pousser la lourde table au milieu de la pièce, puis elle roule le tapis qui masquait une trappe en bois. Elle la soulève et lance un appel dans le trou noir (Tom se croirait presque au château d'If chez le futur comte de Monte Christo…) :
— Pierre ? je suis avec le détective dont je t'ai parlé, celui que Léa a engagé pour t'aider à prouver ton innocence, tu veux bien monter ? Pierre, tu m'as entendu ? Pierre ?
— C'est risqué, ce que tu fais là, Nina, déclare une voix d'outre-tombe.

— Non, viens, c'est urgent car si la gendarmerie repère l'appel que tu m'as lancé depuis la voiture de Prichard, ils ne vont pas tarder à débarquer. Viens, monte !

Un pas lourd résonne dans l'escalier de bois de la cave, Pierre apparait, fatigué, une petite barbe de trois jours lui mange les joues, il est grand, un peu perdu, ne sait quoi faire de ses bras :
— Assieds-toi sur ce canapé, Pierre, voici Tom, un détective habile, tu peux tout lui confier, il est là pour toi.
— Tu viens d'où, bredouille Pierre, perdu.
— De Paris. Dis-moi, Pierre, qui peut t'en vouloir à ce point pour commettre ces meurtres et laisser les corps chez toi ?
— Beaucoup de gens, finit par dire Pierre qui poursuit après un long silence : je ne dois rien cacher si je veux m'en sortir, alors d'abord notre liaison avec Claudia battait de l'aile depuis un moment, elle est allée chercher ailleurs, et moi aussi...
— Ailleurs où cela ? demande Tom.
— Oh moi ? Léa d'abord, on a couché ensemble une fois, un peu par hasard.
— Par hasard ? s'étonne Nina.
— Non, je veux dire ...une fois, mais Claudia, elle, est tombée sur Louis, Louis Weber, le régisseur du quartier Neudorf à Villé et elle a pour ainsi dire déserté souvent notre domicile. Weber est mon ennemi, que je combats avec mes adhérents de l'Association pour la Défense de la Vallée, l'ADV. J'étais furieux qu'elle soit allée se réfugier chez ce type qui a en plus une sale réputation de dragueur sans scrupules.
— Un chaud lapin, précise Nina.

— Cela n'explique pas l'assassinat de Claudia, balance Tom.
— Tu as raison, appuie Nina.
— Et Laura, poursuit Tom, s'adressant à Pierre, elle avait des petits amis ? elle avait quel âge ?
— Dix-huit ans passés, réplique vivement Pierre qui fixe longuement Nina.
— Tu as autre chose à nous dire ? avance doucement cette dernière qui s'interrompt soudain, attention ! je crois que j'entends un véhicule.

Le bruit de moteur se confirme !

— Tom, aide-moi à redescendre Pierre tout de suite dans la cave.

Tom est d'abord descendu au fond de la cave pour amortir la chute éventuelle du fugitif tandis que Nina en haut tient un bras de Pierre qui descend avec précaution. C'est bon, ils ont réussi à escamoter ce dernier du salon, Nina descend aussi dans la cave et fait s'allonger le fugitif sur une banquette branlante.
À peine le temps de remonter, fermer la trappe, dérouler le tapis, remettre la table en place que la fourgonnette des gendarmes s'immobilise sur le chemin privatif de Nina. Elle accueille le major qui commande la brigade de Villé sur le pas de sa porte, Tom est à ses côtés :
— Bonjour Major Delerme, sourit Nina.
— Bonjour madame Beckmann, le monsieur à vos côtés est bien le détective Randal ?
— Absolument, nous allions d'ailleurs aller nous retirer dans ma chambre à coucher, lance impudique Nina.

— Je…bafouille le major en jetant un œil autour de lui pour s'assurer que le soir n'est pas encore vraiment tombé pour cela, donc…oui, je voulais savoir, est-ce qu'il y a un autre monsieur chez vous ?

— Ah non, major, nous ne faisons pas ce genre de choses, bien que, vous savez, votre idée n'est pas à rejeter, je n'ai jamais essayé … vous savez, monsieur Randal me suffit, poursuit Nina devant le major aux joues écarlates.

— Non, non… excusez-moi, madame Beckmann, loin de moi l'idée de vous poser une telle question, c'est un malentendu, en fait je voulais juste savoir si Pierre Burnhaupt est chez vous, car il a été repéré dans les environs.

— Ah non, pas vu.

— Mais je suis obligé de perquisitionner, madame Beckmann, monsieur Burnhaupt vous a appelée il y a environ 6 heures et la voiture qu'il a dérobée au directeur de l'hôpital est garée à Urbéis.

— Faites donc, j'ai conseillé à monsieur Burnhaupt de se rendre à la gendarmerie mais apparemment il n'a pas suivi mon conseil, bon je vais vous piloter dans la maison, vérifiez bien sous les lits, Major, sourit Nina.

Tom est resté sur le pas de porte, à entendre Nina faire la visite au major d'une voix enjouée, tandis qu'un autre gendarme est resté à côté de lui, histoire de le surveiller.

Puis n'ayant rien trouvé, le major a salué le détective et madame Beckmann et s'en est allé, sans préciser que les gendarmes avaient une vidéo de la place principale d'Urbeis où Burnhaupt a garé son véhicule et est monté dans la voiture de Nina qui est partie vers le col de Fouchy, du côté de …chez elle.

Le calme revenu, Nina fait part à Tom de son inquiétude :
— Nous allons être cernés sous peu...
— Mais Pierre n'est quand même pas coupable ? s'insurge Tom.
— Oui, nous le croyons, mais il n'y a pas de preuves formelles. Il vaudrait mieux trouver les vrais meurtriers. Je vais emmener discrètement Pierre chez ses adjoints de l'ADV, les cousins Schmitt qui le planqueront.
— Mais les gendarmes sont peut-être en embuscade à l'entrée de ton chemin sur la route départementale.
— Tu as raison, tu vas partir d'abord en éclaireur, on reste en contact par téléphone et tu me préviens si tu vois le fourgon bleu. Sinon, je t'attends demain matin vers 10 heures au Neudorf Tennis Club, je te présenterai tout le monde, tu verras, ce sera très instructif.
— Attends, avant de partir, peux-tu me dire ce que tu as appris de Pierre quand vous êtes revenus ici ?
— Oui, d'abord le scoop : il m'a dit, après avoir longuement réfléchi que cela faisait six mois que Laura et lui couchaient ensemble, il a ajouté qu'ils s'aimaient,
— J'ai un peu de mal à le croire, enfin Laura peut-être, mais Pierre ? il n'a pas l'air très fleur bleue. Et concernant le soir où il est rentré chez lui, as-tu pu lui soutirer quelque chose ?
— Il m'a raconté qu'il était donc à une réunion vendredi soir chez les cousins Schmitt, Dany et Sepp, pour leur Association de Défense de la Vallée, ils étaient une vingtaine, cela a commencé vers 21 heures et la réunion s'est terminée vers 1 heure 30 samedi matin. Il est rentré chez lui vers 2 heures ou un peu avant, il ne savait plus, il a découvert dans le salon Claudia allongée sur le ventre, visiblement morte, les

mains liées dans le dos, et plus loin Laura qui le regardait avec des yeux terrifiés, Pierre a précisé qu'elle ne pouvait pas parler à cause d'un canon de fusil qu'on lui avait mis dans la bouche et fixé avec de l'adhésif, elle était bâillonnée, elle avait aussi les mains liées dans le dos, assise contre un mur, les jambes repliées contre sa poitrine dissimulées sous une couverture. Il m'a raconté qu'il avait couru vers elle... elle essayait de secouer la tête de gauche à droite, mais ne pouvait pas à cause du canon du fusil dans sa bouche, ses yeux affolés, écarquillés tentaient de lui envoyer un message...Pierre avait l'air vraiment bouleversé en parlant ou alors c'est un excellent comédien ! il a ajouté qu'il voit sans arrêt ce regard de Laura qui l'empêche de dormir...donc il m'a raconté que, sans plus réfléchir, il a voulu la dégager de sa position contre le mur, lui allonger les jambes, ce qui a déclenché...le coup de fusil...une ficelle reliait la détente du fusil à ses chevilles...ensuite Pierre a crié « c'est moi qui l'ai tuée, c'est moi », et là il s'est effondré et n'a plus voulu parler.

— Mais Nina, tu crois tout ce qu'il t'a dit ?

— À vrai dire, je ne sais pas, je doute un peu, ce type n'a jamais été très franc du collier, mais cette fin avec Laura a pu arriver.

— Bon, soupire Tom, je garde en mémoire cette « déposition » de Pierre. Alors comme convenu, je pars en éclaireur et je t'informe si je vois des voitures bleues.

Tom embrasse Nina puis monte dans sa voiture et lui fait un dernier geste de la main en démarrant.

C'est en retournant à son hôtel de Villé qu'il capte l'appel de Léa :

— Tom, tu es où ?

— J'arrive à Villé.
— Je suis garée devant ton hôtel, je t'attends pour le debriefing, annonce-t-elle.

Le debriefing, ou plutôt le compte-rendu de la visite de Tom à Nina, se passe dans la chambre 11 qui s'étonne de la seconde visite de la jeune femme.

Léa s'inquiète de l'activité de la gendarmerie qui risque de récupérer Pierre avant que Tom n'ait de preuves ou d'indices suffisants pour disculper son client. Tom lui donne son point de vue, il trouve que chaque personne qu'il rencontre va être une pièce du puzzle, mais combien de pièces faudra-t-il pour avoir une vision claire de ce qui s'est passé ?

Léa lui annonce qu'elle a pris rendez-vous pour eux deux avec l'équipe de Minalit au siège social de la société demain à 8 heures 30. Tom la félicite et s'en réjouit.

Léa a terminé en précisant que Tom pourrait passer la journée demain au quartier Neudorf, ce sera une journée agitée avec le tournoi de tennis et les discours prévus, le lieu idéal pour poser des questions à droite et à gauche.

Tom lui demande l'adresse des cousins Schmitt qu'il veut questionner. Léa la lui transmet mais insiste qu'il les verra sans doute demain car l'ADV veut manifester au Centre où la présence de Sotokine est annoncée.

Elle ajoute qu'elle l'emmènera donc avec elle quand elle ira faire son match. Tom s'inquiète des rumeurs si on les voit arriver ensemble, elle estime que tout le monde doit savoir qu'elle a engagé un adjoint pour des démarches administratives, inutile de préciser que Tom est un détective privé, les rumeurs vont vite dans la Vallée.

Puis Léa prend l'initiative de froisser les draps du lit avec Tom qui a accepté sans hésiter, cela finit sous la douche prise ensemble évidemment…

Ils sont descendus sous le regard connaisseur de Simone qui les a escortés très naturellement jusqu'au restaurant, « la même table qu'hier avec madame Beckmann ? » a susurré Simone avec ironie.
Tom en a profité pour goûter d'autres spécialités alsaciennes.

Sans surprise, Simone les a escortés du regard alors qu'ils remontaient vers la chambre 11 où ils ont passé la nuit ensemble.

**Mardi** 21 septembre

**10**

Léa avait mis le réveil de son smartphone à 6 heures 30. La sonnerie, un peu comme un clairon, fait sursauter Tom, Léa se tourne pour lui sourire, un moment de tendresse les retarde, puis la journée démarre : douche chaude, petit déjeuner à la salle de restaurant, et ils saluent Simone sur le pas de la porte, « journée chargée, les jeunes ? », « on vous tient au courant, Simone, bonne journée » répond Léa.

Ils sont partis, chacun dans sa voiture, et se garent en même temps à 8h 25 devant le Centre qui est au bout de la rue de maisons du quartier Neudorf créées par Sotokine.

Ils pénètrent dans le Centre par la grande entrée principale vitrée, et montent à l'étage où le choix est simple : l'appartement de Louis Weber ou les locaux du siège social de Minalit.
Ils frappent à la porte en bois de Minalit, une secrétaire vient leur souhaiter la bienvenue. Léa avait informé préalablement Tom qu'il s'agit bien de Valérie Kuntz, 28 ans, en poste depuis un an, elle a donc peut-être croisé la stagiaire qui a disparu. Elle est petite, boulotte, vive, elle n'oublie pas de sourire.

Elle les fait entrer dans son bureau où attendent déjà deux hommes aux mines patibulaires assis sur des petits fauteuils.
Elle les conduit ensuite à la salle d'à côté, meublée d'une grande table d'où se lèvent les trois membres de Minalit.
Les présentations sont faites, Tom est affublé du titre d'adjoint administratif de Léa. Louis Weber, grand, presque chauve, un air effronté sur son visage, précise qu'il n'est pas membre de Minalit. Valère Derrien, petit, le regard fuyant, tend sa main moite. Boris Sotokine, un grand costaud, regarde de haut ses visiteurs.

Léa et Tom sont assis le long d'un des grands côtés de la table, les trois autres sont en face, le match peut commencer :
— Merci, monsieur Sotokine de nous recevoir, sourit Léa.
— Je vous en prie, répond sobrement Sotokine en excellent français.
— Mon adjoint qui est de Paris, précise Léa, souhaiterait vivement visiter votre site minier, avec votre autorisation.
— Je n'y vois aucun inconvénient, mon collaborateur Valère Derrien qui est là à ma gauche pourra piloter Tom Randal durant cette visite, qui peut d'ailleurs s'effectuer ce jour-même si vous êtes disponible, monsieur Randal.
— J'accepte avec plaisir, intervient Tom.
— J'ai une question plus compliquée pour vous Boris, puis-je vous appeler ainsi ?
— Mais bien sûr, Léa.
— Voilà, quelle est votre position concernant les trois disparitions et les deux meurtres ayant secoué notre Vallée cette année ?

Tom sourit intérieurement au lancement de ce missile Exocet par Léa. Sotokine accuse le coup, le temps de rassembler ses idées, il part à l'attaque :

— Vous savez, Maitre Koenig, que nous avons été interrogés, comme beaucoup de personnes, par la gendarmerie, nous avons répondu à toutes leurs questions et nous sommes toujours là, vous voyez, toujours en liberté…mais comme nous avons encore quelques minutes à perdre, je vais répondre.
— Je vous remercie, acquiesce sobrement Léa.
— Le premier présumé disparu, Lothar Braun, était contremaitre chez nous. Par suite d'un problème familial en Allemagne il a voulu partir tout de suite, nous lui avons donné son solde, nous lui avons fait signer une lettre standard de démission et il est parti, voilà c'est tout.
— Vous avez son adresse en Allemagne ? demande Tom.
— Non, celle qui figurait dans nos dossiers n'est plus valable. Le deuxième pseudo disparu était, parait-il, un proche de Pierre Burnhaupt, je n'en sais pas plus, nous ne l'avons jamais vu. La troisième présumée disparue était une jeune stagiaire engagée ici dans nos bureaux à titre intérimaire, elle s'appelait Maeva Colin, elle…
— Elle ne s'appelle plus ainsi ? balance Tom avec un petit sourire.
— Si bien sûr, monsieur Randal, dit Sotokine qui le fusille du regard, dans son travail elle était brouillonne et avait fait l'objet de plusieurs remontrances, alors un jour, sur un coup de tête, elle a rassemblé ses affaires et est partie en claquant la porte. Elle n'est pas réapparue non plus à l'adresse de ses parents, adresse qu'elle avait communiquée à son arrivée. Louis Weber, ici présent, a résilié son studio qu'elle louait au

quartier Neudorf, elle n'a pas payé le dernier mois...termine Sotokine avec un soupir d'ennui.

— Avez-vous été affecté par les deux meurtres de ce début de semaine ? susurre Tom diplomate.

— Affecté, monsieur Randal ? vous vous moquez de moi, je n'ai rien à voir avec madame Mangano et sa fille, ni avec le clan de Burnhaupt.

— Quelles sont les perspectives économiques de Minalit actuellement ? questionne Léa.

— C'est un point délicat, reconnait Sotokine, notre dossier avait bien avancé dans les premières années, à la préfecture de Strasbourg et aussi à Paris, je m'en occupe personnellement. Malheureusement les agissements stupides de l'ADV, l'association dirigée par Burnhaupt et soutenue par une campagne médiatique partiale, ont pris trop d'ampleur, empêchant une perception objective du dossier par les autorités administratives. Les médias nationaux interviennent sans connaitre le dossier, c'est un tapage très dommageable pour notre activité. La situation financière est donc tendue.

— Qu'en pense le propriétaire de Minalit ? c'est, je crois, un certain monsieur Svenson, poursuit Léa.

— Il est lui-même très occupé par son projet de méga-usine de batteries lithium en Suède et m'a délégué toute autorité sur la gestion du dossier Minalit. Mais il m'a promis de passer vous saluer.

— Ah ? il est dans la Vallée ? s'étonne Léa.

— Oui, confirme Boris Sotokine, il est arrivé hier.

— Mais il vient rarement, que se passe-t-il ? veut savoir Tom.

— Monsieur Svenson vient quand il le faut, en ce moment la situation financière est tendue pour Minalit, et nous devons en discuter tous les deux, ah ! mais le voici !

En effet la porte s'est ouverte, Valérie Kuntz s'efface pour laisser entrer le grand patron, Sven Svenson.

Le Suédois, qui a presque la cinquantaine, est grand, format Viking, une chevelure blonde abondante, un sourire carnassier, il n'a pas l'air herbivore pour un sou.

Tout le monde s'est levé, il salue d'abord ses employés, Sotokine soutient son regard, Derrien tend sa main molle et transpirante, Louis Weber se penche en avant, esquissant un geste de soumission.

Puis Sven vient vers Léa et lui glisse quelques mots de bienvenue dans un français parfait :

— Vous maniez notre langue à merveille, balance Léa.

— Vous savez, chère Madame, j'essaie de suivre l'exemple de notre roi qui est un descendant de votre maréchal Bernadotte.

— Monsieur le président, je suis l'adjoint de maitre Koenig, intervient Tom qui se présente.

— J'ai entendu parler de votre enquête à Stockholm, monsieur Randal, je connais bien Gunilla Lundberg dont vous avez sauvé la vie, félicitations. Je ne voulais pas interrompre votre entretien, mais juste me présenter, je viens trop rarement en Alsace, c'est Boris qui s'occupe de tout, n'est-ce pas. Je vous laisse donc, j'ai des rendez-vous à Strasbourg, je vous souhaite une bonne journée.

Sven Svenson salue l'assemblée d'un geste large et se retire.

La conversation a du mal à reprendre, le passage de Svenson ayant pacifié les relations des deux groupes.

— Qui sont les deux personnes assises dans l'entrée, balance Tom en changeant de sujet et prenant Sotokine à contre-pied.
— Euh…cela ne vous concerne pas vraiment, il me semble, bafouille Boris Sotokine.
— Si vous permettez, Boris, intervient fort à propos Valère Derrien, il serait bon d'informer monsieur Randal que nous sommes l'objet d'attaques verbales incessantes, créant un tel climat dangereux qu'il vous a paru nécessaire de vous entourer de deux gardes du corps.
— De quelle nationalité sont-ils ? demande Tom.
— Jaak et Riho sont lituaniens, ils sont là pour nous protéger, précise Sotokine..

Un cessez-le-feu semble s'être instauré dans le déluge de questions, Léa prend l'initiative qui lui revient :
— Il me reste, Boris, à vous remercier de nous avoir accordé cette entrevue, mon adjoint contactera donc Valère Derrien pour une visite du site et …oui, au fait quels sont les liens exacts de Louis Weber avec Minalit ? termine Léa.
— Je suis régisseur du quartier Neudorf créé par Minalit, intervient Louis Weber, j'ai donc un rôle administratif au sein de la société.
— Merci, Louis, et bonne journée à vous trois.

En traversant le bureau d'accueil, Tom se tourne vers Valérie Kuntz, la secrétaire, et lui demande à quel accès donne cette porte-fenêtre dans le mur du fond.
Elle s'empresse d'aller ouvrir cette porte vitrée, Tom la suit, elle lui montre l'escalier en aluminium accroché à la façade qui conduit au rez-de-chaussée à l'arrière du Centre.

Elle lui explique que c'est une sortie de secours en cas d'incendie, ou une sortie discrète, ou une entrée directe pour des livraisons, sans avoir à traverser tout le rez-de-chaussée du Centre.

Tom la remercie pour ces précisions et lui demande si l'autre escalier identique, qu'il vient d'apercevoir à une vingtaine de mètres, a la même utilisation, « oui, c'est celui de l'appartement de Louis Weber » confirme-t-elle.

Une fois sortis du Centre, Léa et Tom vont sur le parking, où elle sort du coffre de sa voiture son sac de tennis avec ses raquettes et sa tenue, c'est l'heure d'aller s'échauffer. D'ailleurs Nina arrive, qui les a repérés sur le parking.

Elle n'a pas fait de commentaire en voyant Tom et Léa arriver ensemble, mais c'était inutile de lui faire un dessin…Elle commence donc par les emmener au Club-house où elle présente à Tom les autres membres de l'équipe féminine qui se préparent à jouer :
— Ah voici Elise Wolff, le pilier de notre équipe, annonce Nina, tandis qu'Elise se décide à serrer la main de Tom avec force.

Elise est toute en muscles, ne sourit pas volontiers, mais on doit arriver à faire naitre sur son visage un éphémère mouvement de la bouche qu'on pourrait qualifier de sourire, les yeux restant sur leur garde.

— Et puis la grande vedette, Marie Bernardin que voici, claironne Nina, alors que Marie vient toute virevoltante claquer une bise à Tom sur chaque joue.
— Bonne partie, lui glisse Tom.

— Et Jessica Weber…où est-elle ? sans doute encore dans les vestiaires, nous allons nous échauffer, tu te présenteras comme un grand, tu ne peux pas la rater, elle est rousse, une jolie rousse un peu timide peut-être mais pas sur le court. Tom a bien failli poser une question déplacée, qu'il a soin de garder pour lui.

Nina, Léa, Elise et Marie ont occupé un court et s'échauffent ensemble, déjà des spectateurs sont venus s'asseoir sur la terrasse du Club-House ou sur les bancs proches des courts.
Voici Jessica qui sort des vestiaires, on ne peut pas se tromper, la trentaine engageante, jolie, fine, façon Marlène Jobert, mais un voile de sérieux, ou de tristesse sur son visage :
— Bonjour Jessica, intervient Tom qui se jette sur son passage, je suis Tom Randal, l'adjoint de Léa, Nina m'a beaucoup parlé de vous, je viens supporter votre équipe.

Jessica, après un instant de perplexité devant cet importun, décide de lui sourire :
— Ah oui, j'ai entendu parler de vous, bredouille -t-elle.
— Pourrions-nous parler ensemble après votre match ?
— Oui, bien sûr, confirme Jessica sans hésiter, mais là je dois rejoindre mes partenaires.
— Je vous en prie, à plus tard.

Tom la suit du regard, elle lui plait beaucoup, mais c'est son front soucieux qui l'interpelle.

Les matches vont commencer, il s'installe à une table de la terrasse à côté de deux membres du Club commentant déjà le jeu des équipières. N'ayant rien d'autre à faire, il les écoute :

— Elles ont chacune leur style, précise un certain Jacky, mais la plus flamboyante c'est bien Marie.
— Oui, c'est un avis assez partagé dans la Vallée, ajoute Arnold en souriant.
— Laisse-moi me concentrer sur Marie, c'est une belle pouliche, ces longues jambes, nerveuses et spirituelles, cette crinière soyeuse et fournie.
— On n'est pas dans un club hippique, s'insurge Arnold.
— Ah là voilà qui sert, ce déhanchement impressionnant, la jupette qui s'envole, le slip de dentelle qui résiste, et le bustier qui peine à maintenir ces seins généreux…et le cri à la fin du service, ah dis donc, il ne faut pas être cardiaque, conclut Jacky en finissant son verre de pastis.

Tom préfère se lever plutôt que d'écouter ces poivrots qui ne manquent pas de le saluer d'un :
— Vous êtes d'accord avec nous, non ?
— Ah je n'écoutais pas, désolé.
— Vous êtes membre du Club ?
— Non, je suis en visite, bonne journée, messieurs.

Pas fâché de quitter ces deux types, Tom s'approche des terrains de tennis, l'équipe de Villé-Neudorf se bat contre les femmes de Sélestat, deux doubles et un simple.
Il s'appuie contre le grillage du terrain où se joue le double de Nina et Léa. À leur changement de côté, Nina court vers Tom et lui glisse que les cousins Schmitt le cherchent.

Il décide donc de revenir vers le Centre, à la recherche de deux types qu'il ne connait pas. À voir toutes ces personnes, il a du mal à établir un plan de recherche cohérent, par où commencer ?

Devant l'entrée principale deux costauds l'interpellent :
— Vous êtes Tom Randal ?
— Oui.
— Dany Schmitt c'est moi et lui c'est mon cousin Sepp, on veut vous dire un mot, vous savez que Nina nous a confié…vous savez qui ?
— Oui, Pierre.
— Nous l'avons déposé chez lui en toute discrétion, aucun voisin n'a pu le voir entrer, et maintenant on surveille les abords régulièrement. Nous lui avons déposé des vivres pour une semaine et fermé tous les volets, comme si la maison était inhabitée.
— Mais comment avez-vous fait avec les scellés sur la porte d'entrée ?
— Très simple, avec les clés de Pierre, on est passé par le portillon à l'arrière qui donne dans la cave.
— Et Pierre va bien ?
— Il a l'air fragile, il ne veut pas aller dans le salon, ce qu'on peut comprendre évidemment, donc il va rester juste dans la cuisine ou dans sa chambre.
— Bien, vous restez par ici cet après-midi ?
— Oui, nous organisons une manifestation devant l'entrée du Centre, malheureusement sans Pierre, à 14 heures. Nous serons environ quatre-vingt avec des banderoles pour faire pression sur Sotokine qui veut faire un discours.
— Je viendrai, mais auparavant je dois rencontrer Jessica Weber après son match.
— Faites attention aux Weber, ce sont les employés de Sotokine.
— Je serai sur mes gardes, mais vous habitez où ?
— À Dieffenbach, ce n'est pas loin.
— Vous connaissez Pierre depuis longtemps ?

— Oui, bien dix ans.
— Et vous travaillez dans la Vallée ?
— Oui, je suis contremaitre dans une scierie qui se trouve dans la zone artisanale de Villé, annonce fièrement Sepp Schmitt, petit mais musclé, la trentaine conquérante. Mon père avait encore une petite ferme avec des animaux, mais il a tout arrêté, c'était trop de travail en plus de son métier.
— Et vous, vous êtes Dany ?
— Oui, bafouille-t-il, qui a le même format que Sepp, mais moins de dynamisme à fleur de peau. Moi, je fais souvent de l'intérim comme ouvrier à la scierie, j'aide aussi à la distillerie de Maisonsgoutte en saison. Mon cousin et moi nous avons rejoint la lutte de Pierre car nous sommes outrés de voir depuis notre village les dégâts qu'a faits la mine près d'Albé, nous voulons nous battre pour garder la Vallée dans son état d'origine, nous haïssons le projet de ce Sotokine.
— Je comprends, donnez-moi vos numéros de téléphone, j'aurai peut-être besoin de vous cet après-midi, à plus tard...

Tom retourne vers les courts de tennis, Marie Bernardin vient de finir déjà son double avec Elise Wolff, elles sortent du court tout en sueur, mais heureuses d'avoir gagné. C'est peut-être le moment de questionner Marie, qu'il approche :
— Alors, la fameuse Marie Bernardin est-elle contente de son match ? sourit Tom.
— Fameuse, je ne sais pas, vous seriez du journal « Dernières Nouvelles d'Alsace » ?
— Pas vraiment, j'ai été invité à venir ici par Léa Koenig, pour l'aider, je...
— Ah mais alors vous êtes le fameux Tom Randal ?
— Tout le monde est fameux aujourd'hui, sourit Tom, vous avez gagné votre match avec votre équipière, félicitations.

— Oui, avec Elise Wolff, la meilleure joueuse du Club.

Elise a un masque sérieux qui n'incite pas à la gaudriole, elle s'éponge, souffle un peu, Tom n'insiste pas, il se tourne à nouveau vers Marie :
— J'attends Léa, mais vous auriez cinq minutes pour me faire visiter ce magnifique Centre ?
— Avec plaisir, venez.

Marie laisse sa raquette entre les mains d'Elise qui lui balance un regard noir et s'en va virevoltante avec Tom. En passant à côté des deux poivrots, ce Jacky le harangue d'un « alors vous, vous êtes un rapide ! », Marie poursuit, « ne faites pas attention, Tom ».

À ce moment-là Nina et Léa sortent des courts, bras dessus, bras dessous, trempées, une serviette autour du cou, riant, parlant fort.

Les joueuses de Sélestat, l'équipe adverse, arrivent et viennent se joindre, avec le sourire, à leurs adversaires. Maris, enfants et spectateurs s'approchent, c'est un joyeux brouhaha, on rit fort. Comme il est midi passé, on entend des voix qui demandent quel est le menu des joueuses au restaurant du Club-house, Nina faisant office de cheftaine crie « choucroute au poisson », tout le monde l'acclame.

Le groupe de Neudorf commente ses exploits, dans les rires et les bousculades. Elise en profite pour se glisser près de Tom tout étonné. Elle lui chuchote que son mari Jean Wolff voudrait lui parler. Il aperçoit ce Jean à une dizaine de mètres qui se tient un peu emprunté. Tom insiste auprès d'Elise pour savoir d'abord de quoi il s'agit, « n'ayez crainte, c'est très important, faites vite ». Pendant ce temps, Marie est déjà happée par ses copines.

Tom se détache discrètement du groupe des filles toujours très excitées et rejoint Jean Wolff à qui il se présente :
— Tom Randal, détective, déclare-t-il sobrement.
— Merci de me consacrer quelques minutes, je suis Jean Wolff, je dirige une grosse agence bancaire à Strasbourg et c'est ainsi que j'ai pu accéder à des informations dont je dois vous faire part.
— Je vous écoute, accepte Tom qui ne voit pas pour l'instant comment Pierre et les deux meurtres peuvent être concernés par ce banquier.
— Voilà, comme mon épouse fréquente souvent des gens de la Vallée, et c'était le cas encore récemment avec Claudia, la compagne de Pierre Burnhaupt, elle m'a souvent fait part de rumeurs circulant ici. Je suis banquier, j'ai donc fouillé dans les documents qui figurent officiellement sur internet au sujet de Litulit qui…
— Qui cela, Litu… ?
— Oh, veuillez m'excuser, c'est Minalit, la société de Sotokine qui a ce projet de développer une mine de lithium.
— Oui, j'en ai entendu parler.
— J'ai consulté le bilan et les annexes de Minalit sur 4 ans, c'est assez inquiétant, société très endettée, pratiquement aucuns fonds propres, je ne sais pas avec quelles garanties elle a pu obtenir des prêts d'un montant aussi colossal, je serais leur banquier je serais plus qu'inquiet.
— Quelle conclusion en tirez-vous ?
— Je pense plutôt…puis-je compter sur votre totale discrétion ?

— Oui !
— Je pense à une arnaque de grande envergure ! mais ce n'est pas tout, j'ai consulté les comptes du quartier Neudorf qui figurent à part dans ceux de Villé, c'est identique, fort endettement, les prêts permettant les investissements pour construire le Centre ne seront jamais remboursés, le maire de Villé va être entrainé dans ce dérapage financier !
— Pouvez-vous me communiquer ces informations par écrit, monsieur Wolff ?
— Certainement pas, on ne s'est pas parlé, vous êtes au courant des trois ou quatre disparitions récentes dans cette Vallée ? je ne veux pas être la cinquième disparition, non, je veux juste vous aider dans votre enquête, d'ailleurs je vais vous quitter tout de suite.

Joignant le geste à la parole, Jean Wolff s'éloigne benoitement, comme s'il venait juste de demander l'heure à Tom.

Ce dernier rejoint le groupe des joueuses de tennis toujours aussi exubérantes, Elise fait mine de ne pas avoir vu Tom avec son mari. Le détective s'approche de Marie, « je suis prêt à t'accompagner dans la visite du Centre.

Ils s'éloignent tous deux sous les regards insistants de Nina, Léa et Elise, et atteignent rapidement l'entrée principale du Centre, elle lui montre à côté la piscine couverte, elle s'est aussi mise entretemps à le tutoyer, et enfin elle termine à l'intérieur avec la grande salle dite des fêtes ou de spectacle et le restaurant qu'utilise souvent le Club de tennis.

Marie s'installe sur une chaise dans la grande salle, rejointe par Tom :

— Je souffle cinq minutes, le match a été un peu long.
— Tu connais bien Léa ? demande Tom.
— Oui, mais je connais plus Nina par exemple qui est souvent par ici. Et toi, tu es donc là pour l'affaire des deux meurtres ?
— Oui, Léa m'a demandé de l'aider à défendre Pierre. Tu connaissais Claudia et Laura ?
— Claudia oui, un peu, elle jouait dans l'équipe, tu sais il y a des liens changeants entre les gens ici.
— Cela veut dire quoi ?
— Par exemple entre Claudia et Pierre, tu connais Pierre ?
— Oui, et toi tu le connais bien ?
— Ah on t'a dit qu'on se fréquente en ce moment ? oui, depuis quelques mois, je ne sais pas l'effet que cela a pu faire sur Claudia qui sortait aussi ailleurs, c'est un peu les chaises musicales, sourit Marie.
— Et tu sais ce qui a pu se passer la nuit du meurtre ?
— Non, la veille, Pierre est allé à sa réunion de l'ADV, depuis…rien, conclut un peu sèchement Marie qui se ferme comme une huitre…

Tom préfère ne pas pousser plus loin, il se lève et raccompagne Marie dehors près des courts de tennis.

Sur le parking, Tom repère rapidement le fourgon de la gendarmerie de Villé à côté duquel le commandant Durban discute avec son major. Il les salue de loin, ce qui fait de l'effet sur Marie, elle lui jette un regard suspicieux.

En poursuivant, ils croisent Léa qui vient à leur rencontre, elle veut parler à Tom, Marie dit qu'elle continue « à plus tard, Tom » sourit-elle.

Léa veut un rapport sur ce qui se passe, Tom lui coupe la parole et lui demande de contacter au plus vite un cabinet d'expertise-comptable pour fouiller dans les bilans de Minalit, « c'est très important », ajoute Tom.

Puis ils rejoignent le groupe des filles.

Jessica Weber a enfin fini son match, transpirante elle sort du court et se dirige vers eux, esquissant un sourire qui disparait quand elle voit un type s'apprêtant à lui couper la route vers Tom. Les trois se rencontrent :
— Alors, ma Jessica, tu as gagné ? braille ce type.
— Louis, je te présente Tom Randal, dit-elle sans répondre à Louis Weber.
— Ah mais je connais déjà le fameux détective de Léa ! ravi de vous revoir, s'égosille Louis pour capter l'attention.
— Moi de même, répond Tom sans enthousiasme.
— Comment se présente votre enquête ? vous avez attrapé l'assassin, Pierre Burnhaupt ? balance Louis Weber.
— Non, réplique sèchement Tom.
— Au fait Valère Derrien est déjà sur le site de la mine, vous pouvez y aller quand vous voulez, j'y irai sans doute plus tard avec monsieur Sotokine quand il aura terminé son allocution.
— Tu reviens quand ? intervient Jessica.
— Mais je ne sais pas, occupe-toi plutôt de Justine qui t'attend, elle va perdre patience.
Justine, se demande Tom, qui est encore cette Justine ? mais il ne veut pas parler à Jessica en la présence de cet énergumène de Louis Weber

Sur les marches du Club-house, deux types sont assis, en tenue de chantier semble-t-il, Tom reconnait les gardes du corps de Sotokine entrevus ce matin.

Il jette un œil à Jessica qui le dévisage sans oser dire un mot, il sent qu'elle veut lui parler d'urgence, mais comment faire ?

Louis fait signe à ses deux types, assis sur les marches du Club-house, de le rejoindre. Puis il s'éloigne avec eux vers le parking où se trouve garé son 4x4 Range Rover à côté duquel Sotokine l'attend impatient.

Jessica jette à Tom un dernier regard intense avant de s'éclipser.

En ce début d'après-midi l'ambiance est à son comble au restaurant du Club-house, la choucroute a été servie avec un Riesling frais qui a mis tout le monde en joie, vainqueurs et perdants, accompagnants aussi.

Tom se fraie un chemin entre les tables, il trouve une place à côté de Léa, qui l'oblige à boire un verre.

Nina est presque en face à la même tablée, elle semble impatiente d'accaparer Tom.

Marie est à la table derrière lui, elle lui a déjà tapé sur l'épaule et dit « ne m'oublie pas ! ».

Elise lui fait des signes de plus loin, exprimant par geste qu'elle voudrait savoir s'il va visiter le site de la mine, puis décide de se lever et vient contre lui :

— Tom, je dois te dire…annonce Elise qui vient d'abandonner le vouvoiement grâce au Riesling, tu sais, nous habitons à Triembach-au-val.

— Non, je ne savais pas.
— Non, je veux te demander si ton nom est d'origine suédoise ?
— Aucune idée, pourquoi ?
— Dans le village voisin, à Saint-Pierre-Bois, il y a une « maison des Suédois », une vieille bâtisse en pierre qui date d'avant même la Guerre de Trente Ans, donc au XVIIème siècle, avec des archives gardées sur place, et sur la colline surplombant le village, il y a l'église Saint Gilles avec des documents collectés à l'époque ancienne.
— Cette église doit être jolie !
— Oui, une vue magnifique, je pourrais te la montrer, mais je voulais te dire que dans les archives, le curé, qui avait bien sûr entendu parler de toi comme tous les habitants de la Vallée, a aperçu le nom d'un Thomas Randahl. Il se demandait s'il pouvait être un de tes ancêtres ?
— Aucune idée, sourit Tom.
— La trace de sa famille se perd dans les livres de la paroisse au moment de la Révolution.
— Très intéressant, Elise, si tu veux, on pourrait y faire un saut demain matin.
— Volontiers, conclut Elise en lui faisant, en quittant la table, une petite tape amicale dans le dos.

À vrai dire il ne manque que Jessica, Jessica qui voulait parler à Tom juste avant que Louis ne l'oblige à rentrer s'occuper d'une certaine Justine, bon sang !
— Léa, où est Jessica ?
— Elle te manque ? éclate de rire Léa.
— Non, sérieusement.
— Elle n'a pas assisté au déjeuner, je crois l'avoir vu sortir avec sa fille Justine.

— Jessica a une fille ? s'étonne Tom.
— Oui, du même âge que Laura, elles étaient très copines, c'est Laura qui venait chez les Weber rendre visite à Justine, l'inverse n'aurait pas été accepté par Pierre, vu l'opposition frontale avec Louis Weber et Sotokine.
— Mais il y a un point que je ne comprends pas : Claudia s'était mise à fréquenter Louis, pour ne pas dire plus. Cela se passait donc aussi chez les Weber ?
— Je ne sais pas, Tom, mais c'est possible d'imaginer que les Mangano, mère et fille, se soient croisées chez les Weber.
— Et l'attitude de Jessica dans tout ce bazar ? elle acceptait ? s'étonne encore Tom.
— J'ai entendu des rumeurs plus que bizarres sur elle, absolument non vérifiées, alors le mieux c'est que tu poses directement ces questions à Jessica, déclare Léa en guise de fin de conversation.
— Ok, je le ferai, mais si tu retiens des informations qui peuvent m'être utiles, tu ne me facilites pas la tâche…

Tom lâche quand même un sourire à Léa pour ne pas hypothéquer le futur et se lève.
La fiesta continue, les commensaux en sont au dessert, une tarte aux quetsches meringuée, ils passent au vin nouveau et certains se mettent à chanter.

Une musique endiablée se fait soudain entendre, les portes du restaurant sont grandes ouvertes sur la salle des fêtes où un orchestre s'échauffe, puis il passe à un slow langoureux.

Marie abandonne son dessert et se jette sur Tom qu'elle emmène, malgré sa résistance, sur la piste de danse. Elle

l'enlace outrageusement, se colle à lui, Tom a du mal à respirer, diable, il faut tenir jusqu'à la fin du slow :
— Tu sais, Tom, Pierre est dans la nature, je ne sais où ! alors moi, je suis libre, balance Marie sans gêne.

Dès que le slow se termine, Elise bondit, arrache Tom des bras de Marie, interloquée par ce rapt, et l'entraine dans un nouveau slow, qui est une copie conforme de celui dansé avec Marie. Jean Wolff, un peu étonné par la fougue de son épouse, découvre le tempérament caché d'Elise :
— Alors, je t'emmène demain matin à l'église Saint Gilles, pour la vue, déclare Elise.
— Si tu veux, accepte Tom à bout d'argument, mais aussi tôt que possible.
— Disons à 8 heures 30 sur la place de Triembach, devant la pharmacie ?

Léa finit quand même par récupérer Tom à bout de souffle, « tu as l'intention de danser avec toute l'équipe de tennis de Neudorf ? » et elle éclate de rire.

Tom commence à se demander s'il n'y a pas dans cette Vallée un micro-climat spécial sensualité, c'est quand même très bizarre, il y a peut-être quelque chose dans la nourriture ? ou les vins ? enfin c'est très bizarre.

## 11

Tom se dirige aussitôt, suivi par Léa, vers le parking récupérer sa voiture, il passe non loin de Sotokine et Weber qui discutent, Tom leur fait un petit signe en montrant de la main Albé au loin, Louis Weber approuve de la tête.

Léa demande à Tom s'il va visiter la mine :
— Oui, ne t'inquiète pas, c'est Valère Derrien qui m'y attend.
— J'espère que ce n'est pas un guet-apens ! sois prudent, recommande Léa.
— Pour te tranquilliser, disons que dans une bonne demi-heure tu demanderas au major Delerme de venir me chercher, cela refroidira d'éventuelles ardeurs de ces messieurs de Minalit.
— Je préfère ce plan, bonne route.

Tom démarre et en quelques minutes il est sur la route d'Albé. Ce village tout proche s'étale le long de cette route, puis les zones habitées s'élargissent autour de la voie principale pour former un petit centre du village. Tom sait qu'il doit bifurquer par ici, il ne regarde pas son GPS et se retrouve devant un cimetière à côté de l'église Saint Wendelin. Il s'en veut de sa distraction, c'est un fait qu'il pense à autre chose…

Il suit maintenant avec obéissance les injonctions du GPS qui le guide d'une voix sévère, il traverse le village dans l'autre sens, s'approche de l'aérodrome privé d'Albé, il s'arrête : c'est une piste d'environ 400 mètres de long, située sans doute à près de 500 mètres d'altitude. Un seul petit avion de quatre places attend sagement en bord de piste.

Tom n'est donc pas loin de la mine, il a dû rater l'embranchement précédent.

Tom aperçoit une tente plantée à côté d'une maison, à l'entrée du terrain d'aviation, un type est en train de manger un sandwich. Par curiosité Tom se gare et vient vers ce type. Celui-ci se lève et lui sourit :

— C'est vous le pilote ? demande Tom.

— *I don't understand*, répond le gars.

Tom poursuit en anglais, le gars est suédois, format athlétique, il confirme qu'il est le pilote de Svenson, il est chargé de le conduire entre la Suède et la France en fonction du programme de Svenson. Tom lui dit qu'il a croisé son patron et lui souhaite une bonne journée.

Il revient à sa voiture et fait demi-tour ; au bout de cent mètres il aperçoit un petit panneau annonçant « Minalit », il s'engouffre dans le chemin de terre un peu défoncé qui serpente dans une forêt touffue.

Soudain la vue s'ouvre sur un grand terrain clôturé obligeant Tom à s'arrêter. Un portail est inséré dans la clôture, à côté duquel une cabane fait office de poste de garde, mais elle est vide à cette heure.

Tom préfère se garer sous des arbres, à l'abri des regards.

De là où il se trouve, légèrement en hauteur, il a une vue dégagée.

Le site est très grand mais à peu près vide, c'est une surprise...

Il visualise deux hangars sans doute pour les engins de chantier. Des chemins ont été tracés dans la terre, à force de passer sans cesse avec des engins de chantier.

Il cherchait un détail particulier qui n'aurait pas dû se trouver ici, mais non, rien de suspect apparemment, il est déçu.

Tom jette ses affaires dans sa voiture et démarre vers la cabane de garde, un sourire aux lèvres. Entretemps un gardien est apparu, qui lui fait signe.

Il se présente, l'employé lui indique où Derrien l'attend, devant un baraquement que cet employé qualifie pompeusement de bureaux.

Les bureaux, c'est un pluriel emphatique, il s'agit en fait d'un local préfabriqué d'environ 30 m2 sans grâce...

Tom retrouve Valère Derrien qu'il a côtoyé ce matin dans les locaux de Minalit.

Derrien est toujours aussi petit, mal fagoté, austère, il doit approcher la cinquantaine. « Suivez-moi » dit-il à Tom.

Ils font quelques pas, dépassent un hangar abritant des tractopelles, camions-benne, chargeurs et autres engins de chantier.

Tom jette un coup d'œil circulaire et n'aperçoit aucune activité en cours, aucun employé au travail, que reste-t-il des équipes d'origine ?

Ils s'approchent maintenant d'un énorme cercle creusé dans le sol :

— Cette surface a la forme d'un cercle, elle a été creusée sur environ 5 mètres de profondeur, elle a un diamètre d'environ huit cent mètres, déclare Derrien.

— De quoi s'agit-il ?

— Nous avons juste tracé l'empreinte extrême qu'aura la mine dans la montagne une fois les travaux engagés, quand le dossier aura eu les autorisations nécessaires.

— Je…je suis un peu perplexe, constate Tom en essayant d'embrasser du regard l'ensemble du site et ne voyant, outre les routes d'accès, qu'un hangar, un baraquement et cette surface grattée dans le sol sur quelques mètres à peine. Je m'attendais à quelque chose d'énorme, ou bien je me trompe ?

— À vrai dire… fait Derrien, gêné, cherchant ses mots, ce qui a défrayé la chronique dans la Vallée, c'est l'abattage d'une forêt, ici, sur beaucoup d'hectares, les gens d'ici sont très sensibles à leur environnement.

— Oui, bien sûr, mais je ne comprends pas, vous n'avez vraiment rien entrepris !

— Si bien sûr, il y a des sondages, des forages qui sont plus loin, en bordure de cette surface creusée, vous les distinguez là-bas, pour vous c'est un trou, mais cela nous a permis d'avoir une évaluation du gisement de lithium. Nous avons fait huit sondages comme celui-ci, vous les distingueriez mieux si on marche dans le fond de cette cuvette, mais vus de l'extérieur, ce sont juste des trous.

Tom est perdu, il n'y a pas d'investissement important ici, à quoi donc ont servi les prêts conséquents attribués à la société Minalit ? et Derrien avec son air chafouin, que mijote-t-il ? comment lui soutirer plus d'information ? il faudrait l'amadouer un peu...

— Monsieur Derrien, pensez-vous que l'exploitation du lithium est possible malgré la quantité énorme de $CO_2$ nécessaire pour le rendre utilisable ?

— Ah vous faites sans doute allusion au projet dans la plaine d'Alsace avec ces forages géothermaux pour l'exploration de gisements de saumure, mais nous serons loin des concentrations records des salars d'Amérique latine. Ceux-là n'ont rien à voir avec les projets comme celui-ci ou ceux qui existent déjà au niveau développement dans le Massif Central ou le Massif Armoricain.

— Vous parliez de la plaine d'Alsace...

— Oui, la haute vallée du Rhin bénéficie d'une structure géologique très rare, avec ces saumures présentes à environ 3 kilomètres de profondeur qui ont aussi une forte teneur en lithium. Ce métal peut être capté et ensuite raffiné en hydroxyde de lithium qui servira pour les batteries lithium-NMC, nickel-manganèse-cobalt.

— Monsieur Derrien, je crois que j'arrive presque à suivre...

— Ah mais il faut aussi dans certains cas du carbonate de lithium pour d'autres types de batteries, les LFP lithium-fer-phosphate pour lesquelles on cherche le lithium dans d'autres types de gisements.

— En résumé, monsieur Derrien, le lithium est donc incontournable ?

— Pour les batteries il a bien des avantages, il est deux fois moins dense que l'eau, il possède une forte électronégativité...
— C'est-à dire ?
— Une aptitude à faire circuler les électrons, et puis il a un poids bien plus faible que le plomb.
— Tout le monde a l'air d'investir dans des exploitations de lithium, non ?
— Oui, mais d'autres cherchent des solutions plus simples avec d'autres minéraux. Il est clair que certains projets basés sur le lithium pourraient alors s'avérer difficilement rentables.
— Vous parliez des risques de pollution ?
— Certaines mines sont très polluantes, mais par exemple en Suède ou en Finlande on sait ouvrir des exploitations modernes et responsables en termes de risques de pollution, la contestation n'est donc pas un problème majeur...

Derrien a l'air plus calme, sur son terrain de connaissances, c'est le moment de l'attaquer...

— Veuillez m'excuser, ce que vous dites est très intéressant mais j'ai une question plus précise : croyez-vous que la société de Sotokine tiendra le coup financièrement ?
— Je...je ne sais pas, ce n'est pas de mon ressort, je suis un ingénieur, rien d'autre, monsieur Randal.
— Monsieur Derrien, pouvons-nous faire le tour de ce cercle de huit cents mètres de diamètre ?
— Pourquoi ?
— Je voudrais visualiser l'emplacement de ces différents forages, propose Tom qui voudrait approcher une tache de terre bizarre au loin.

— Non, désolé, ce serait trop long d'aller là-bas, au moins vingt minutes aller, vingt sur place et vingt minutes pour revenir près des bureaux, cela fait une heure et moi-même je vais devoir m'absenter bientôt.
— Vous auriez un véhicule pour s'y déplacer ?
— Non plus, monsieur Randal, je vous répète, je dois bientôt m'absenter.
— Et ces disparitions, trois ou quatre cette année, c'est lié à la mine ? qu'en pensez-vous ?
— Monsieur Randal, je suis là pour une visite du site, si nous en avons fait le tour, je vous raccompagne aux bureaux, d'ailleurs je vous répète que je dois partir pour une course.

Fin de la tentative de Tom, sans succès…

Derrien le raccompagne devant les bureaux, mais Tom se dit qu'il ne peut pas en rester là :
— Valère, j'ai encore des questions à vous poser, on ne serait pas mieux à l'intérieur ?
— Euh…hésite Derrien qui jette un coup d'œil autour de lui, mais il n'aperçoit personne, bon si vous voulez, allons-y.

Valère se dirige vers le local bureaux, ouvre avec ses clés la porte et entre, suivi par Tom :
— Valère, vous savez beaucoup de choses qui m'intéressent au plus haut point.
— Je vous arrête tout de suite, qu'il s'agisse d'informations positives, par exemple des découvertes, ou d'informations négatives, par exemple la situation financière de la société, c'est trop dangereux pour moi de parler de mon employeur, la société Minalit, nous avons une clause de confidentialité, les sanctions sont lourdes, très lourdes.

— Mais soyez assuré que je ne citerai votre nom en aucune façon, je ne ferai jamais cela, Valère, supplie Tom, il s'agit de débloquer la situation dans la Vallée, vous pouvez m'aider, même de façon anonyme.

— Je...attendez un instant, marmonne après réflexion Valère qui prend une petite feuille de papier qui trainait sur la table, sort son portable, pianote dessus jusqu'à trouver la donnée qu'il cherchait. Il inscrit une longue liste de chiffres.

Le détective jette un regard circulaire sur ce bureau qui a l'air miteux, la table de travail est bancale. Quant aux chaises en bois, on les sent, rien qu'à les voir, déjà inconfortables. Le bureau de travail provient sans doute d'une braderie, le sol en bois est parsemé de taches, de peinture ou même d'huile, ou autre... Il y a quelque chose qui cloche, pense Tom.

Mais Valère s'interrompt, entendant un bruit de moteur, il s'énerve, il ne lui reste que quelques chiffres à écrire quand la porte s'ouvre sur Louis Weber et Boris Sotokine, malgré tout Valère tend à Tom le bout de papier que le détective glisse immédiatement dans sa poche sans même y jeter un regard :

— Ah vous êtes là ? balance Weber, la visite est déjà terminée ?

— Oui, on a discuté des batteries en lithium et des gisements en Alsace, bredouille Valère.

— C'est quoi ce papier que tu as transmis à Randal ? gronde Sotokine.

— Oh, c'est juste l'adresse d'un bon petit restaurant alsacien typique, vous voyez, intervient Tom, mais la visite était intéressante et Valère connait bien le sujet des mines de lithium, je vous remercie de m'avoir autorisé à suivre cette

visite, je vais maintenant devoir vous laisser, j'ai d'autres rendez-vous.
— Vous pouvez me montrer ce papier que Derrien vous a donné ? fait Sotokine d'une voix menaçante.

Louis Weber s'est approché de la porte et a fait signe d'entrer aux deux sbires lituaniens qui les avaient accompagnés.
L'atmosphère s'alourdit, Tom cherche une parade, les deux hommes de main encadrent carrément Tom, l'un d'eux a déjà dégainé un révolver qu'il tient le long de sa jambe droite. Cela ressemble à une souricière, Tom se demande ce qu'il fait là, si loin de son enquête sur les meurtres de Claudia et Laura, les carottes cuisent, Tom, inquiet, se met à transpirer.

Comme la cavalerie dans les films de John Ford, la voiture de gendarmerie du major Delerme soulève de la poussière en freinant devant les bureaux.
Ce dernier entre en coup de vent, la porte étant restée entrouverte, Delerme ressent tout de suite la tension qui règne :
— Randal, le commandant Durban veut vous voir tout de suite, suivez-moi.
— Major Delerme, je vous obéis bien sûr, je reprendrai plus tard cette intéressante conversation avec ces messieurs, merci Valère, vous êtes une mine de renseignements, sur le lithium j'entends bien. Et merci Boris d'avoir autorisé cette visite. J'aurai grand plaisir à vous revoir dans la Vallée, sourit Tom, se dégageant des deux sbires qui commençaient à le serrer d'un peu trop près.

Delerme sort, suivi du détective. Le major sourit à Tom de la bonne blague faite à Sotokine :

— Ce Boris Sotokine est un peu rigide, déclare Tom qui reprend des couleurs.
— Oui, il a toujours été comme cela, depuis que je le connais.
— Si vous permettez, je passerai vous voir à Villé, j'ai une question à vous poser, demande Tom.
— Si vous voulez, mais plutôt demain matin vers 9 heures ou 10 heures.
— Très bien, merci alors disons 9 heures, à demain, conclut Tom.

Le major et le détective regagnent chacun leur véhicule, tandis que Sotokine et Weber, suivis de leurs deux gardes du corps, sortent des bureaux et s'apprêtent à monter dans leur voiture :
— Nous allons au Centre pour une réunion, vous pouvez y assister, crie Louis Weber à Tom.
— Avec plaisir, répond Tom qui n'en croit pas un mot.

## 12

Après avoir flâné dans la descente depuis Albé, à admirer les sombres forêts majestueuses accrochées au flanc des montagnes, Tom est de retour sur le parking du Centre, déjà il perçoit des cris, des vociférations, venant de l'entrée du bâtiment.

Puis il repère le fourgon bleu d'où sont sortis le major, qui vient d'arriver juste avant Tom, et ses six gendarmes.

Quand il contourne enfin le dernier coin du Centre qui lui cachait la façade principale, il découvre une foule excitée et hurlante, agitant des banderoles, ils sont presque une centaine de manifestants devant le perron qui donne accès au hall d'entrée.

Juché sur une table, Sotokine, qui vient d'arriver, surplombe la foule de sa grande taille et cherche à calmer ces excités pour prendre la parole. Derrière lui se tient Louis Weber, et devant, les deux sbires lituaniens font tranquillement barrage face à la foule.

Du groupe des manifestants un type se détache et décide d'aller vers Sotokine. Immédiatement les deux Lituaniens se positionnent sur son passage, mais Sotokine leur crie un ordre en langue slave qui les fait s'écarter du type que Tom vient de reconnaitre. C'est Dany Schmitt qui rejoint Boris Sotokine à côté de la table. Dans le bruit assourdissant Boris se penche à l'oreille de Dany qui après quelques instants hoche la tête en signe d'accord.

Dany Schmitt se tourne vers la foule, lève les bras réclamant le silence, qui se fait instantanément :
— Mes amis, nous sommes venus demander à monsieur Sotokine de changer son programme qui démolit notre cadre de vie, je lui laisse la parole, ne l'interrompez pas, crie Dany s'écartant pour faire place à Boris.
— Mesdames et messieurs, je connais vos inquiétudes légitimes, vos craintes de voir votre cadre de vie dégradé. Nous allons prendre toutes les mesures nécessaires. Tout d'abord nous allons replanter autour de nos installations des arbres à croissance rapide qui vont faire disparaitre de votre regard notre activité. Ensuite quand nous aurons eu le permis d'exploiter la mine, nous éviterons toute pollution chimique. Croyez bien que nous ferons tout pour votre environnement. Merci à tous.

Un silence général accueille cette déclaration emphatique qui en laisse plus d'un perplexe. La déception se lit sur les visages, tout le monde espérait un renoncement complet et le retour à la situation antérieure.

Déjà des voix s'élèvent, « c'est des paroles, on veut des actes ! ». Des cris s'élèvent aussi, visiblement le feu couve, il faut faire quelque chose.

Sotokine lève les bras pour reprendre la parole :
— Laissez-moi onze jours et vous verrez déjà les premiers effets de ce que je vous ai annoncé. Voilà, je vous souhaite une bonne journée et à plus tard pour la fête que j'ai organisée dans le Centre.

Un groupe de manifestants plus excités poursuit ses vociférations et commence à s'approcher. La situation va s'envenimer, ou même exploser.

Sotokine opère un retrait désinvolte, Louis Weber s'est déjà éclipsé.

Le major lance ses six gendarmes en tampon entre manifestants et Sotokine, qui jette un dernier regard avant de disparaitre aussi.
Les manifestants refluent alors dans la cour d'accueil et se massent autour des cousins Schmitt, les vrais meneurs, en l'absence de Pierre.

Tom se demande ce que Sotokine peut bien améliorer en onze jours concernant un projet aussi complexe, il a un mauvais pressentiment. Il s'étonne aussi de l'intervention de Dany Schmitt qui a montré une sorte de proximité avec Sotokine.

Il décide de faire un saut à la pharmacie toute proche pour poser quelques questions à la préparatrice dont Nina lui a donné le nom.

Tom appelle Léa :
— Je quitte le Centre, je vais voir une préparatrice en pharmacie que Nina m'a conseillé de voir, il s'agit de…
— La belle Gladys ?
— Euh…oui.
— Donc tu es pris pour la soirée ?
— Mais pas du tout, je voulais savoir quand nous faisons le debriefing de la journée.
— Je t'emmène diner dans une winstub, pas trop loin d'ici. Appelle-moi quand tu en as fini avec la belle Gladys.
— Tu es déjà jalouse, Léa ? éclate de rire Tom.

## 13

En cinq minutes Tom est garé devant l'officine, il entre et demande à parler à Gladys Sengel.

Une préparatrice va la chercher, « Gladys est en train de préparer une commande, elle en a pour quelques minutes » dit sa collègue qui ajoute gentiment « puis-je vous aider ? » mais Tom fait signe qu'il préfère attendre Gladys.

La pharmacie est joliment décorée, on a presque envie d'être malade pour faire son shopping dans cet établissement.

Gladys arrive enfin. Au nom de Tom Randal elle sourit, « vous venez de la part de Nina ? sortons, il y a un bistrot juste à côté, nous serons plus tranquilles ».

Les voici attablés, chacun devant un demi de bière pression alsacienne, dans ce café sombre et presque vide, on peut conspirer tout à son aise…

— Merci Gladys de me consacrer un peu de votre temps, je…

— Pas de problème, c'est calme en ce moment à la pharmacie.

— Oui, j'aimerais que vous me disiez si vous avez côtoyé Pierre Burnhaupt, Claudia Mangano et sa fille Laura, car d'après Nina ce serait le cas.

— C'est vrai, que voulez-vous savoir ?
— Commençons par Claudia, quel genre de femme était-ce ?
— Un OVNI dans la région ! personne ne faisait vraiment trop attention à elle, mais je l'ai bien connue. Elle était très bien éduquée, elle parlait, outre l'italien, bien sûr, le français évidemment mais aussi l'allemand, elle avait vécu quelques années dans le nord de l'Allemagne, vers Hambourg, je crois. Un jour qu'elle était à la pharmacie, elle était intervenue pour m'aider auprès d'un client allemand, cela a été même le cas avec un touriste suédois égaré dans la Vallée, elle m'a dépannée avec talent, bref elle était très douée.
— Bon, mais comme femme ?
— Je vois ce que vous voulez dire. C'était une très, très belle femme, beaucoup de classe, même si elle essayait tout le temps de passer inaperçue en s'habillant à la va-vite, ou en se coiffant mal, mais bref une grande classe que Pierre ne méritait pas.
— Mais alors comment Pierre a-t-il fait pour la séduire ?
— Vous voulez que je vous dise ? je crois personnellement que c'est Claudia qui a choisi Pierre, pas le contraire.
— Et pourquoi ?
— Je me le demande ! pour aller s'enterrer dans la Vallée ? elle, avec tout son potentiel ?
— Peut-être cherchait-elle le calme d'une vie simple ?
— Non, je l'ai souvent fréquentée, elle m'invitait même à boire le thé chez elle quand Pierre n'était pas là, c'est vrai qu'elle avait une face cachée, comme la lune, sourit Gladys, on dirait qu'elle avait un but dans la vie, mais qu'elle n'abordait jamais le sujet. En tout cas Pierre ne la méritait pas.
— Il devait donc être heureux d'avoir Claudia à ses côtés.

— Oui, bien sûr. Il y a longtemps, il y a d'ailleurs prescription, sourit à nouveau Gladys, j'ai fréquenté Pierre, bien avant Claudia. Pour moi, c'est un gros balourd, très premier degré, content de lui, « même gros, je plais » a-t-il toujours claironné quand il se félicitait d'une nouvelle conquête.

— Mais récemment Claudia a quasiment déserté la maison de Pierre, non ?

— Oui, c'est vrai, elle a lancé ses filets sur Louis Weber, qui était à peine mieux que Pierre, il faut le dire.

— Elle a donné des explications à Pierre ?

— Non, à personne, pas même à moi, sourit Gladys.

— Mais Louis et Pierre étaient en opposition frontale !

— Moi, j'ai trouvé qu'en passant de l'un à l'autre elle …elle progressait.

— Comment cela ?

— Rien, c'est une impression…

— Et sa fille Laura, propose Tom pour changer de sujet, qu'en savez-vous ?

— Ah Laura, c'était une gamine quand je l'ai connue, elle était à l'école dans la classe de Justine Weber, elles étaient très liées, elles se confiaient tous leurs secrets d'adolescentes. Justine n'avait pas le droit de venir chez Pierre, alors Laura était sans arrêt chez Justine.

— Comme la mère, Claudia, qui était chez Louis…

— Oui, une situation très bizarre, Claudia dormait dans la chambre d'amis, où Louis venait la baiser, alors que Jessica, sa femme attendait dans leur chambre à coucher et que les deux gamines complotaient dans la chambre de Justine, vous voyez le tableau !

— Et Pierre et Laura ?

— Quand il s'est senti largué par Claudia, Pierre a fait du charme à Laura qui s'est sentie importante, au point d'imaginer pouvoir prendre la place de sa mère. Baiser la fille après la mère ! Pierre s'est cru un séducteur hors pair, mais Laura, qui était vierge, a cru qu'elle venait de découvrir l'amour de sa vie, elle en est devenue presque folle. Quand je la voyais à la pharmacie, elle me faisait pitié, elle allait droit dans le mur : quand Pierre l'a larguée, fatigué par l'adolescente, on sentait qu'elle songeait à se suicider.
— Et un mot sur Louis ?
— Lui ? un opportuniste, sans foi ni loi, il va bien avec la clique de Minalit !

Tom s'arrête un instant de poser ses questions pour boire sa bière qui a perdu sa mousse. Gladys en profite pour faire de même, elle lui sourit :
— Après toutes ces confidences, on pourrait peut-être se tutoyer, Tom ?
— Oui, bien sûr, Gladys.
— Tu sais, j'ai 51 ans et quand tu me vouvoies, j'ai la sensation, qui est vraie, que tu parles à une très vieille femme, éclate-t-elle de rire.
— J'ai 37 ans mais je n'osais pas imposer cette familiarité. Une dernière question : tu sais qui a tué la mère et la fille ?
— Non !
— Tu crois Pierre coupable ?
— Je ne le vois pas tirer sur des gens.
— Bon, nous allons en rester là, j'espère ne pas t'avoir trop importunée, je te remercie beaucoup de m'avoir accordé cet entretien, Gladys.

Tom s'interrompt pour admirer Gladys qui est vraiment une belle femme, la cinquantaine la magnifie, il se sent attiré par elle. Elle lit dans le regard de Tom ses pensées et pose sa main sur celle de Tom. Plus un mot, juste des soupirs, puis :
— Je te donne mes coordonnées si tu veux d'autres informations, lui susurre-t-elle.

Tous deux se lèvent, Tom va payer les boissons au comptoir. Ils ouvrent la porte du bistrot, et dans le renfoncement de l'entrée Gladys embrasse Tom très doucement.
« À bientôt » lui dit-elle avant de le quitter pour la pharmacie voisine.

C'est là que Tom, après avoir longuement admiré l'allure fière de Gladys, aperçoit, garée en face, Léa qui l'attend avec un sourire narquois façon Simone...

## 14

« Sacré Tom ! », c'est tout ce que dit Léa quand Tom s'asseoit dans sa voiture…

Ils quittent Villé, elle explique qu'il y en a pour un quart d'heure, on va sortir de la Vallée en passant par Hohwarth, franchir le petit col du Heissenstein et rejoindre Itterswiller, un charmant village de vignerons, enserré par les vignes. En cette saison de vendanges les couleurs de la nature sont d'une beauté unique.

La route serpente au milieu des vignobles, le col les fait plonger dans un autre repli des contreforts vosgiens, puis les collines apparaissent et niché sur un flanc, ceinturé par les vignes, Itterswiller se dévoile.

Elle se gare devant le restaurant, le prend par la main, ils entrent et tout de suite la patronne et la principale serveuse viennent accueillir chaleureusement Léa, très connue ici. Les clients déjà attablés tournent la tête vers elle, qui fait figure de vedette. Ensuite elle présente Tom à la patronne qui les conduit personnellement à leur table.

La décoration de la salle est tout en bois, chaleureuse, un peu comme chez Simone.

D'abord Léa veut faire goûter à Tom des parts de tarte flambée, une spécialité alsacienne, il se délecte avant qu'elle ne lui dise que c'était seulement en guise d'apéritif avec un petit Sylvaner bien frais, qui se boit sans soif, bien sûr.

Ensuite, encore une occasion de maigrir : en entrée foie gras d'oie avec brioche, puis cheeseburger alsacien où les tranches de pain sont avantageusement remplacées par des tranches de munster fermier, et enfin une tarte aux mirabelles pour finir. Le tout est arrosé d'un Pinot noir gouleyant.

Mais il est aussi question de debriefing, alors Léa veut connaitre les derniers développements :
— J'ai suivi la visite du site de la mine avec Valère Derrien. C'est un ingénieur très au fait des problèmes de l'exploitation du lithium. Je lui ai posé des questions « indiscrètes » auxquelles il n'a pas voulu répondre, il a argué du fait qu'il était tenu par une clause de confidentialité, mais c'est surtout que Sotokine lui fait peur.
— À ce point ? s'étonne Léa.
— Oui, d'autant que Sotokine et Weber sont venus troubler notre discussion et que les deux sbires de Boris bloquaient la sortie des bureaux. Mais finalement le major Delerme est venu me délivrer ! Ah j'oubliais, Derrien m'a quand même donné un bout de papier sur lequel il a juste écrit une série de chiffres, sans queue ni tête, je ne sais même plus dans quelle poche j'ai fourré ce papier.
— Donc rien de nouveau de ce côté-là ?

— Non, ensuite j'ai assisté au discours de Sotokine, qui demande 11 jours pour changer la vue sur la mine en arborant le site, je n'y crois pas. Je pense qu'il veut onze jours pour tout autre chose, mais quoi ? Et puis j'ai discuté avec Gladys Sengel, la belle Gladys, qui m'a raconté ce qu'elle croit savoir sur Claudia et Laura, et Pierre aussi

— Et ...conclusion ?

— Aucune pour l'instant, elle trouve que personne ne reconnaissait les qualités de Claudia, sa beauté, sa...

— Je t'interromps, les rumeurs évoquaient même une histoire entre Gladys et Claudia mais tu sais ce que c'est, dans un microcosme tout bruit prend de l'ampleur, susurre Léa.

— Oui, bon, je termine, concernant Laura elle avait une opinion peu favorable.

— Bien, demain le programme ?

— D'abord en début de matinée à 8 heures 30, Elise veut m'emmener à Saint Gilles admirer la vue.

— C'est cela, la vue sur ses seins, explose Léa.

— Non, il parait que c'est vraiment joli cette vue sur la Vallée. Ensuite j'ai rendez-vous avec le major Delerme à 9 heures. Et toi, tu pourrais me faire rencontrer Jessica, c'est urgent, tu le sais.

— Je lui ai laissé plusieurs messages, je ne peux pas faire plus, je ne sais pas où elle se cache et surtout pourquoi ! cela commence à m'inquiéter, entre elle et son mari Louis Weber cela sent le roussi.

— Si tu l'as en ligne, dis-lui que les cousins Schmitt peuvent la conduire jusqu'à mon hôtel et monteront la garde devant ma chambre, elle sera protégée.

— À ce point-là ? c'est si dangereux pour elle de sortir à découvert ?

— Aussi dangereux, peut-être, que pour Claudia...

La dernière phrase choque Léa qui ne comprend pas. Tom veut la rassurer :
— Et nous, on fait quoi ?
— Je n'ai pas envie d'être seule ce soir, dans mon appartement de Colmar.
— Tu veux que je vienne jusque chez toi, si cela te fait plaisir ?
— Non, c'est un peu loin, mais est-ce que tu m'acceptes encore une fois dans ta chambre d'hôtel ?
— Bien sûr, mais demain matin il faudra se lever un peu tôt, vers 7 heures.
— Tu mangeras une tartine de brioche en moins, espèce de gros gourmand.

Les deux éclatent de rire, Léa prend le volant, ramène Tom à Villé où il récupère sa voiture sur le parking du Centre avant d'aller se garer devant l'hôtel des Trois Sapins.

Malgré l'heure tardive, ils sont accueillis par Simone qui s'occupe du service du restaurant et leur souhaite une très bonne nuit, les deux sourient en se tenant par la main.
L'escalier redouble de grincements, est-ce le munster du diner ?

## Mercredi 22 septembre

## 15

Une vraie tuerie, ces petits déjeuners ! Simone est si heureuse que Tom y fasse honneur avec un tel appétit. Léa surveille sa ligne, elle est beaucoup plus sage sur les quantités de tranches de kougelhopf.

Cette fois, au buffet, Tom échange des propos d'abord avec des Suisses qui adorent, disent-ils, l'Alsace et ensuite avec des Américains qui font un tour complet d'Europe en deux semaines et demi, *why not...*

Ils sont de très bonne humeur, même si Léa reste un peu jalouse du rendez-vous de Tom avec Elise.

Le détective promet à Léa de la tenir au courant des démarches qu'il compte faire ensuite avec Jacques Delerme, le major de la brigade de Villé.

Ils s'embrassent fougueusement devant l'hôtel, l'évènement ne passe pas inaperçu...

Tom n'a même pas besoin d'un GPS pour aller à Triembach, c'est quasiment tout droit, il stationne devant la pharmacie où Elise est déjà sur le pied de guerre, souriante, vêtue d'une robe beige à manches courtes, fermée devant par une dizaine de boutons et taillée juste au-dessus du genou. Elle porte des chaussures de marche qui ne demandent qu'à grimper sur la colline de Saint Gilles.

Tom s'est garé juste à côté de son petit 4x4 japonais, un Suzuki sans doute, pense-t-il. Elise vient vers lui, l'entoure de ses bras, et furtivement pose délicatement ses lèvres d'un rouge profond et parfumé sur celles de Tom.

Elle n'a cure de s'afficher ainsi dans le village où elle réside, mais si Tom voit bien qu'elle est attirée par lui, il ressent en même temps qu'elle est sous l'emprise d'une peur mystérieuse, comme si une menace pouvait peser sur elle du seul fait de s'afficher avec lui.

Elle convie Tom à bord de son Suzuki et démarre en douceur vers les hauteurs de Hohwarth :
— Je suis heureuse, Tom, de te voir là, tout près, assis à côté de moi, déclare-t-elle le souffle court.
— Moi aussi, mais tu sais que j'ai un rendez-vous avec le major de la brigade de Villé dans une demi-heure.
— C'est dommage, si on avait eu la matinée, j'aurais pu t'emmener voir de près les châteaux qui dominent la Vallée, ils sont si beaux, en ruine mais beaux. Il faudra que tu reviennes, j'espère bien.

Elise manœuvre son 4x4 avec dextérité, elle traverse Hohwarth et bifurque à la sortie vers Saint Gilles, ils passent devant le terrain de football du village puis après un petit raidillon, Elise se gare devant l'entrée de l'église.

Cette dernière est assez petite, toute simple, et ceinturée par un cimetière plein à ras bord. Toutes les places sont prises, et on ne peut pas l'agrandir car il est délimité par un mur en pierre d'environ un mètre. Déjà un espace a été créé pour accueillir des urnes.

Elise et Tom ont fait le tour, ils jettent un œil aux tombes, les familles ont été regroupées, les tombes sont très bien entretenues, d'ailleurs déjà en traversant les villages de Triembach et de Hohwarth, Tom s'est étonné de la grande propreté des rues et de l'entretien parfait des maisons.

Ils sortent du cimetière du côté opposé à la porte d'entrée, où un passage avec des marches a été aménagé dans le mur.

Et là c'est le ravissement, à quelques mètres un très gros chêne, et un banc qui fait face à la vue, une vue panoramique époustouflante sur la plus grande partie de la Vallée, sauf le bout vers Villé.
— N'est-ce pas beau ? sourit Elise, tu te rends compte, cette vue à 180 degrés, c'est magique, et on surplombe le fond de vallée de plus de cent mètres, je pense.
— Oui, c'est magnifique, confirme Tom qui s'abime un instant dans la contemplation des villages, des prés et des forêts, des monts qui ceignent la Vallée,
— Et là-bas en face, indique Elise, c'est le château du Frankenbourg qui monte toujours la garde. En bas, dans le fond de la Vallée tu peux apercevoir le château de Thanvillé qui a été bien restauré, il date du XIème siècle, à l'origine il surveillait l'entrée de la Vallée et percevait les droits de péage de l'ancienne Route du Sel.

Ils s'arrachent à cette contemplation, Elise se tient près de lui :

— En fait, Tom, je voulais te voir car je dois te parler, malheureusement, d'autre chose, c'est très important.
— ...
— As-tu fait des démarches auprès d'un expert-comptable pour déchiffrer les comptes de Minalit ?
— Oui, enfin j'ai demandé à Léa de s'en occuper, mais je n'ai encore rien de précis, bafouille Tom.
— As-tu déjà entendu parler de la BGPA ?
— BGPA ? non, de quoi s'agit-il ?
— La Banque de Gestion de Patrimoine d'Alsace, BGPA, une banque privée, qui a son siège à Strasbourg, son président est Philippe Neuvillers.
— Et alors ?
— C'est là qu'est la trésorerie de Minalit, un magot de 195 millions d'euros, c'est le reste du capital de 10 millions et des prêts de 210 millions apportés par des investisseurs, mon mari t'en a parlé ?
— Non, il avait la trouille de me donner des détails, il n'était pas à l'aise.
— Oui j'ai bien compris qu'il n'avait pas osé t'en dire suffisamment, tu connais les banquiers ! tu devrais prendre rendez-vous rapidement avec Neuvillers, Tom, c'est tout ce que je peux te dire, conclut Elise en se détachant de lui, je t'en supplie, ne me demande pas plus...

Tom sent qu'Elise est au bord des larmes. Le téléphone du détective se met furieusement à sonner, il hésite à décrocher, c'est Léa qui veut sans doute lui gâcher les moments avec Elise.
— Tu ne réponds pas ? sourit tristement Elise, c'est sans doute Léa qui s'inquiète ?
— Non, enfin je ne comprends pas pourquoi elle fait cela.

— J'ai fini, soupire Elise, je t'ai donné la piste à suivre, la BGPA, pour le reste restons-en là...
— Mais enfin, la piste de quoi ? s'accroche Tom, réponds-moi, Elise !
— Non, Tom, restons-en là.

Tom est troublé par cette femme qu'il croyait muette et rigide et qui s'avère être plutôt une bombe à retardement.

Léa rappelle, il décroche :
— Ah enfin, Tom !
— C'est urgent ?
— Le commandant Durban vient de m'appeler, la femme de ménage de Valère Derrien vient de découvrir ce matin son corps par terre dans le salon de son studio, une balle dans la nuque. Durban voudrait te voir à la brigade de Villé.
— Euh... oui j'arrive.

Tom est secoué, sa première réaction est de relier ce meurtre à sa visite de la mine, mais non quand même, cela n'a rien à voir. Elise s'aperçoit que Tom n'est pas dans son assiette, elle lui demande s'il veut rentrer, il lui explique juste que le commandant Durban veut le voir d'urgence, Elise ne répond rien, elle se dirige vers son Suzuki 4x4 qui commençait à trouver le temps long...

Tom la rejoint, ils échangent un long regard, sans un mot, juste un sourire triste d'Elise, ils s'installent dans le Suzuki.

Tout en démarrant, elle s'aperçoit qu'elle a oublié de parler à Tom de son quasi-homonyme suédois du XVIIème siècle, Thomas Randahl :

— Tom, je t'enverrai une copie de l'archive paroissiale où est cité ton ancêtre.

— Volontiers, je suis curieux de savoir ce que je vais apprendre, sourit-il.

Puis plus un mot jusqu'à la place de Triembach où ils se séparent sans effusion, elle lui glisse juste un « à bientôt Tom ».

## 16

Quelques minutes à peine suffisent à Tom pour revenir à Villé.

Il s'arrête en trombe devant les locaux de la gendarmerie de Villé, une dame, qui a sonné à l'entrée de ces locaux, est en train de pousser le portillon d'accès, il court et rattrape ce satané portillon qui voulait lui barrer la route.

Il pénètre dans les bureaux de la gendarmerie à la suite de cette personne et attend gentiment que la gendarme préposée à l'accueil termine de renseigner cette dame qui a perdu son chat.

Tom compatit en lui-même à cette douloureuse perte, puis il en profite pour lire les affiches qui tapissent les murs.

Enfin la dame ressort avec son chagrin intact. Tom avance au comptoir et affronte le regard inquisiteur de la gendarme, qui doit avoir 22 ans tout au plus, des cheveux blonds taillés court, un visage ovale régulier, le comptoir cache le reste pour son enquête muette :

— Bonjour Monsieur, que puis-je pour vous ?

— Je souhaiterais parler au major, ânonne Tom qui pense qu'elle pourrait beaucoup pour lui, mais non il ne faut pas plaisanter.

— On ne peut pas le rencontrer comme cela, dites-moi ce qui vous amène.
— Je…c'est pour un double meurtre, chuchote Tom qui fait semblant d'être ému.
— Quoi ? encore un ! mais c'est une série, oui, je commence à croire qu'il doit y avoir un sérial killer, c'est vous qui avez découvert les corps ?
— Euh…non, je viens pour l'enquête.
— Encore une enquête ? mais ce meurtre a quelque chose à voir avec le premier ?
— Non, je viens voir le major pour l'enquête du double meurtre de samedi, explique Tom.
— Ah bon ! vous me rassurez, parce que…et donc…mais attendez, vous…vous ne seriez pas le fameux détective, Josh Randal ?
— Non, Tom Randal, et je ne suis pas si fameux que cela, Madame.
— Ah mais je suis très honorée de vous recevoir, je peux vous appeler Tom ?
— Je vous en prie.
— Et vous permettez que je fasse un selfie avec vous ? mes copines vont en être malades !
— Si vous voulez, mais rapidement car je suis un peu pressé.
— Oui, je fais vite, j'arrive.

Elle contourne le comptoir, vient s'accoler tout contre Tom, comme s'ils avaient été à l'école maternelle ensemble, sourit, vérifie bien le cadrage et prend la photo, n'oubliant pas de remercier vivement Tom.

Ce dernier lui rappelle qu'il est venu voir le major, elle s'excuse pour la perte de temps et s'empresse de contacter son chef sur son poste téléphonique.

« C'est bon, il vous attend, je vous accompagne à son bureau » dit-elle tout sourire.

Le major Jacques Delerme se lève, accueille chaleureusement Tom d'une franche poignée de main et le prie de s'asseoir face à lui à son bureau métallique. Sur les murs blancs de la pièce chichement meublée, des affiches proposent aux lecteurs de s'enrôler dans la gendarmerie :

— Vous avez eu le message du commandant, monsieur Randal ?

— Oui, merci de me recevoir si vite, votre gendarme est très gentille aussi…

— C'est une stagiaire, monsieur Randal, sourit Delerme.

— Appelez-moi Tom, on gagnera du temps, propose Tom.

— Le commandant Durban va arriver, il m'a demandé de vous faire patienter ici.

— Très bien, en attendant il se trouve que j'ai un service à vous demander, il s'agit du fusil utilisé pour le meurtre :

— Je vous écoute…Tom.

— J'aimerais savoir si vous avez fait ici, comme dans beaucoup d'autres communes, il y a cinq ou six ans, un recensement des armes détenues par les citoyens.

— Oui, si je me souviens bien, c'était il y a six ans, un sacré boulot en fait.

— Pourrais-je consulter cette liste ?

— Ma foi, c'est confidentiel, mais pour vous qui côtoyez notre commandant, je vais dire oui, pour les besoins de votre enquête aussi.

— Je vous remercie.

Il prend son téléphone et appelle Sylvie, ce doit être la gendarme vue à l'accueil, la priant de lui apporter ces documents.

Peu de temps après, la nouvelle copine de Tom entre triomphante :
— Comme on se retrouve, Tom !
— Enfin, Sylvie, on ne parle pas ainsi à notre visiteur ! voyons ! que va-t-il penser ?
— Mais il m'a autorisée à l'appeler ainsi, Chef.
— Bon, admettons, alors ces documents ?
— Le recensement d'armes d'il y a six ans que voici, déclare-t-elle en déposant son lourd fardeau.

Le major se saisit du dossier, pas si volumineux que cela, Tom s'inquiète de savoir si tout a été déclaré, le major lui répond que sans doute non, « vous connaissez les Français » dit-il en souriant.

Tom propose qu'on recherche ceux qui auraient déclaré un fusil Mauser, le gendarme suggère qu'on se répartisse à trois les feuilles, cela ira plus vite.

Sylvie est toute fière de participer à l'enquête. Tout le monde travaille en silence, un quart d'heure plus tard le tri est déjà fait :
— Moi, je n'ai rien trouvé, fait Tom tout dépité.
— Moi si, intervient le major, j'ai Schmitt Sepp.
— Ah oui, répond Tom.
— J'en ai aussi un autre, avance Delerme, mais je ne voulais pas en parler, je l'élimine, il s'agit de Reibel Alfred, un vieux monsieur de 92 ans, il tire en général dans son jardin sur les sangliers qui viennent dévaster ses plantes et son potager,

mais comme il voit moins bien, il a exécuté le mois dernier le chien de son voisin. Nous avons dû intervenir sur plainte du voisin et après négociation avec Alfred, il nous a confié son arme avec tristesse, cette arme est ici dans notre armoire sécurisée.
— Et moi j'ai Weber Louis ! déclame toujours aussi fière Sylvie.

Tous s'exclament qu'il faudra vérifier si Louis a toujours son Mauser, le major Delerme déclare que le plus simple est de vérifier si le numéro de série fourni par Weber est celui figurant sur les relevés de l'enquête. Tom, de son côté, appelle tout de suite Sepp et lui demande ce qu'il a comme armes à la maison. Dans sa liste, outre un pistolet et une carabine Remington, Sepp cite bien le Mauser. Tom lui demande d'indiquer le numéro de série de son Mauser. Le major Delerme, qui a suivi la conversation, vérifie que ce numéro n'est pas celui relevé dans l'enquête de gendarmerie.

Tom s'écrie alors que le seul restant serait bien Louis Weber, qu'il faut aller contrôler…

Appel de Léa, Tom décroche :
— Je t'écoute.
— J'ai la copie des bilans, tu es où ?
— À la brigade de Villé, précise Tom.
— Je suis encore à Colmar, une affaire à terminer, je viendrai ensuite te parler des éléments comptables de Minalit, à bientôt.

C'est là que le commandant Durban fait son entrée, Delerme se lève et lui propose son fauteuil, Durban préfère s'asseoir sur une chaise juste en face de Tom, Sylvie reste

debout et interroge Delerme du regard, le major lui fait signe qu'elle peut se retirer, Tom en profite pour la remercier, en présence de Durban, pour son aide, elle rougit et sort toute souriante :
— Vous la remerciez de quoi ? interroge Durban un peu bourru.
— C'est que, sur demande de Tom, intervient Delerme, nous avons fait tous les trois le contrôle des listes d'identification des possesseurs d'armes ayant un Mauser, liste datant d'il y a six ans, le seul nom restant à contrôler est Louis Weber.
— Si votre liste date de six ans, nous pouvons avoir affaire à quelqu'un arrivé depuis dans la Vallée, fustige Durban.
— Certes, reconnait Tom, mais si Weber ne peut justifier de la présence de son Mauser déclaré il y a six ans, il y aura un doute qui plane sur cet individu.
— C'est vrai, concède Durban…Delerme, envoyez deux gendarmes lui demander s'il a toujours son Mauser !

Ce point étant discuté, Durban fixe du regard Tom :
— Que s'est-il passé pour que quelques heures après votre visite à Valère Derrien à la mine, on le retrouve mort sur le tapis de son studio ?
— Je ne sais pas, réfléchit Tom, il est clair que Sotokine était énervé de me retrouver seul avec Derrien dans les bureaux, mais pourquoi ? aucune idée car le local appelé bureau est vraiment misérable, pas de placard où cacher quoi que ce soit, le tapis est mité, le sol n'est pas lavé, des taches partout.
— Vous pensez que…
— Ah attendez, mon commandant, oui, un détail me revient : Derrien a écrit des chiffres sur un bout de papier qu'il

m'a tendu alors que Sotokine et Weber venaient d'arriver. Sotokine était furieux, je lui ai dit que c'était une adresse de restaurant, sourit Tom.
— Et ce papier, vous l'avez ici ?
— Oui, mais il faut que je fouille dans mes poches !

Tom se lève pour accéder aux poches de son jean, puis il inspecte celles de son blouson, Durban s'impatiente, finalement Tom sort victorieusement d'une poche arrière un misérable morceau de papier à moitié déchiré, il relit cette liste de chiffres sans signification et tend le papier à Durban qui se précipite pour le lire :
— Cette liste est stupide, plaisante Tom, ce n'est quand même pas son numéro de compte en banque.
— 48219.59-71948.25, lit Durban, cela me fait penser…non, je vais donner cela à la Brigade de Recherche.
— Valère Derrien a été exécuté ?
— On peut dire cela, oui, une balle dans la nuque, sans doute tirée d'un pistolet avec silencieux, car personne n'a rien entendu dans l'immeuble, et apparemment Derrien ne s'y attendait pas, il n'y a pas de trace de lutte, il devait connaitre son agresseur qui a dû se présenter comme porteur d'un message inoffensif, Derrien est passé devant lui, dans le salon, suivi par le tueur qui l'a immédiatement assassiné.
— Vous savez que Sotokine a deux gardes du corps lituaniens, et armés ?
— Oui, oui. Nous avons leurs photos et avons déjà lancé une enquête de voisinage pour recueillir des informations, précise Durban qui semble déjà penser à autre chose.

Alors que le commandant s'apprête à laisser partir Tom, l'impétueuse Sylvie entre en urgence, déclarant que Sepp Schmitt veut absolument voir Tom.

— Je vous laisse, mon commandant, à plus tard déclare Tom qui se lève et sort à la suite de Sylvie.

Le détective retrouve Sepp Schmitt dans le hall d'accueil, salue Sylvie et se fait happer par lui qui sans un mot l'entraine dehors, jusqu'à leurs voitures, « suivez-moi, c'est urgent ! ».

Tom s'accroche pour ne pas perdre de vue Sepp qui roule vite et se dirige en fait vers le lotissement tout proche où habite Pierre.

Cent mètres plus loin, ils s'arrêtent devant une maison aux volets fermés, Tom se rend compte qu'il s'agit forcément de l'habitation de Pierre Burnhaupt.

Ils se garent sans manière devant la maison en question, deux voisins sont déjà aux fenêtres, mais ils ne se cachent pas, ils sont déjà prêts à témoigner devant les caméras de télévision qui ont envahi le Val de Villé.

Sepp entraine Tom vers l'arrière de la maison, pour ne pas déchirer les scellés posés sur la porte d'entrée, jusqu'à un escalier conduisant à la cave, là Sepp sort des clés données par Pierre, ils entrent doucement, Tom s'étonne qu'il n'appelle pas Pierre à haute voix, il commence à imaginer les scénarios les plus farfelus.

La maison est construite dans le style « vosgien », avec du grès encadrant les fenêtres et des poutres en chêne au plafond.

« On va au garage » bafouille Sepp, ce qui n'éclaire en rien Tom.

La maison a beaucoup de charme, le garage aussi, si ce n'est ce pendu au bout d'une corde attachée à une poutre de la charpente…

Tom a un haut-le-cœur, il s'écrie « Oh ! non !», ce zouave de Sepp aurait quand même pu le prévenir ! les deux se regroupent au pied de la dépouille pendante de Pierre.

« On vient de le découvrir avec Dany, en venant le voir, comme chaque jour » explique Sepp, « on a préféré vous prévenir tout de suite ».

Tom examine le pendu qui n'a pas les mains liées, les bras pendent de chaque côté du corps. À ses pieds un escabeau est renversé, Tom veut s'assurer que la hauteur de l'escabeau est au moins égale à l'altitude des pieds de Pierre, il saisit cet escabeau et le place sous les pieds de Pierre qui ne le touchent pas d'au moins cinquante centimètres : cela ressemble bien à priori à un assassinat maquillé grossièrement en suicide :
— Sauf avis contraire de votre part, propose Tom, je suggère de contacter immédiatement la brigade de Villé.
— Vous êtes sûr que quelqu'un l'a assassiné ? s'inquiète Sepp.
— Je crois bien, car la distance des pieds de Pierre à l'escabeau sous lui n'est pas normale. Pierre a dû être chloroformé et ensuite pendu par ses agresseurs à la bonne hauteur, mais ils se sont trompés ! les agresseurs devaient être au moins deux et ont dû utiliser au moins une ou deux échelles qu'on devrait retrouver dans la maison. Ils auraient dû entrer comme vous par la porte de la cave, or personne d'autre n'avait cette clé, n'est-ce pas, Sepp ?

— C'est exact, nous étions les seuls, Dany et moi, à posséder chacun une de ces clés, je pense.
— Bien et auriez-vous une raison de ne pas alerter la gendarmerie ?
— J'aurais préféré que vous terminiez votre enquête et débusquiez d'abord les coupables des assassinats dont Pierre est accusé et les coupables de la mort de Pierre lui-même, si c'est, comme vous dites, aussi un assassinat. C'est terrible !
— Ne vous inquiétez pas, je poursuis activement ma mission, même si je regrette profondément que Pierre soit décédé. Dans ces conditions j'appelle la gendarmerie, restez avec moi jusqu'à ce qu'ils arrivent.

Le major de la brigade de Villé, alerté par Tom, a répondu personnellement qu'ils arrivent tout de suite, « c'est à côté, et surtout ne touchez à rien ! », je préviens tout de suite le commandant Durban.

Du coup Tom s'assure auprès de Sepp Schmitt qu'il n'a touché à rien, puis il l'envoie vérifier, sans toucher à rien d'autre, si Pierre a laissé un indice quelconque et s'il y a un escabeau d'assez grande hauteur dans cette maison.

Dans le silence du garage, face à Pierre, il s'en veut de ne pas l'avoir disculpé en trouvant les vrais coupables. Tom pense que quelque chose lui a échappé, mais quoi ?

Sepp revient de son tour dans la maison, bredouille en ce qui concerne un indice laissé par Pierre, mais fier d'annoncer la découverte d'une échelle d'environ quatre mètres de hauteur, posé négligemment par terre dans un atelier de bricolage, auquel il n'a pas touché.

Tom lui demande de quand date leur dernière visite à Pierre vivant :
— C'était hier soir vers 20 heures, on est venu tous les deux, Dany et moi, Pierre était angoissé, il nous a dit qu'il pensait avoir trouvé le fin mot de cette histoire, mais il n'a rien voulu dire...
— Et à quelle heure ce matin l'avez-vous découvert ?
— Vers 9 heures, soupire Sepp.
— Vous étiez bien ce matin avec votre cousin Dany ?
— Oui.
— Au fait, mais où est Dany ? j'espère qu'il n'a pas parlé de cela dans la matinée, appelez-le !
— Si vous voulez.

Sepp compose le numéro de Dany, une voix de femme en pleurs répond :
— Sepp, viens vite, c'est affreux, Dany est mort, là dans le salon.
— Quoi ? c'est toi, Marijo ? que s'est-il passé ?
— Je viens d'arriver, la porte était entrouverte, Dany est là, par terre, il y a un trou dans sa tête, j'ai besoin d'aide, je n'ose pas bouger.
— Je vais venir, attends-moi.
— Il y a par terre à côté de sa tête une grosse enveloppe, pleine de billets de banque qui sont éparpillés et barbouillés du sang de Dany. Il faut que je sorte, je n'en peux plus ! crie-t-elle avant de raccrocher.

Sepp et Tom se regardent longuement :
— Tom, je suis le premier surpris, tu penses que Dany nous a trahis ?

— Cela y ressemble, tu as idée de qui l'a tué ?
— Euh…non.
— On en reparle, j'entends une voiture de la gendarmerie.

Le major et trois de ses hommes sont arrivés, ils font les premières vérifications, puis ils décrochent le pendu et le placent dans une housse qu'ils referment.

Ensuite ils se mettent à fouiller, avec leurs gants, toute la maison, « vous n'avez pas trouvé de lettre ou de mot ? » questionne le major, Tom répond que non.

Le détective préfère informer immédiatement le major du meurtre de Dany Schmitt, ce qui fait jurer le major, d'habitude si calme, « trois morts ce matin, Valère Derrien, Pierre Burnhaupt et Dany Schmitt ! ».

Le commandant Laurent Durban arrive à point nommé, le major lui fait le rapport de la découverte de Pierre Burnhaupt pendu, mais aussi de la nouvelle, à vérifier, de l'assassinat de Dany Schmitt, des faits dont il prend connaissance sans sourciller.

Durban se tourne lentement vers Tom
— Et ce monsieur que j'aperçois, qui est-il, monsieur le détective ?
— Commandant, appelez-moi donc Tom ! les cousins Schmitt sont, enfin étaient les adjoints de Pierre.
— Tom, insiste donc Durban avec un sourire (il commence à se dégeler, et Tom sent qu'à la fin ils seront en train de boire des schnaps en se tapant dans le dos), Tom donc rappelez-moi la chronologie des faits.
— Laurent, je ne me trompe pas ? Laurent donc, j'ai vu hier ou avant-hier Pierre chez Nina Beckmann, puis je suis

parti, tandis qu'elle a conduit Pierre chez des agriculteurs de la Vallée, ensuite…

— Ensuite Nina l'a déposé chez nous, intervient Sepp Schmitt, et nous l'avons emmené l'autre soir chez lui, on a fermé ses volets, nous lui avons confié de la nourriture, nous sommes repassés encore hier soir, il allait bien, enfin il était triste, bouleversé, mais en bonne santé, il avait réfléchi à toute cette affaire qu'il se croyait en voie d'élucider.

— Vous avez des fusils chez vous ? continue Durban imperturbable.

— Euh… mon cousin Dany et moi, nous avons chacun un fusil pour chasser le sanglier, de la marque Remington, une .308 Winchester et moi, ajoute Sepp, j'ai un Mauser que je tiens à votre disposition, les gendarmes viennent d'ailleurs de vérifier le numéro de série.

— Monsieur Schmitt, on vient de me dire que votre cousin vient d'être assassiné et qu'une enveloppe contenant de l'argent était à ses côtés. A-t-il pu participer à la pendaison de Burnhaupt sans que vous le sachiez ?

— C'est-à-dire, mon commandant…oui, nous n'étions pas ensemble en permanence, mais ce qui me trouble c'est que Dany et moi étions les seuls à avoir les clés de Pierre Burnhaupt pour pénétrer dans sa maison par l'arrière.

— Il aurait pu donc faciliter l'entrée de tueurs et se faire rémunérer pour cela ? propose Durban.

— Et se faire tuer pour ne pas parler, ajoute Tom.

— J'ai l'impression, Tom, que votre visite à la mine a déclenché un affolement chez la partie adverse, je vais peut-être faire venir une autre brigade en renfort, on ne peut pas passer à la télévision tous les soirs, conclut Durban un peu énervé, je suis obligé tous les jours de répondre à des journalistes qui m'interviewent.

Durban autorise Sepp à quitter les lieux et revient à sa discussion avec Tom :

— Si je comprends bien, vous êtes en fait au même point que moi dans ce dossier ? sourit-il.

— Oui, certes, mais les choix se rétrécissent, veut se rassurer Tom, si vous le permettez, je vais essayer de parler à Jessica Weber.

— Vous savez où elle est ?

— Non, mais je compte sur Léa et Radio-voisinage pour l'approcher, sourit Tom.

— Alors bonne route, je vous laisse, je dois rester ici pour l'instant, j'attends la section de recherche de Strasbourg, l'affaire prend de l'ampleur, vous avez sans doute vu les titres de la presse nationale qui va se repaître de ces derniers rebondissements, et ensuite je vais au domicile de Dany Schmitt avec la brigade de recherche.

Tom, une fois sorti dans la rue, appelle Léa, tandis que derrière les fenêtres de deux maisons les rideaux bougent :

— Oui, Tom, où es-tu ?

— À Villé, peux-tu me conduire là où Jessica Weber se cache ?

— Euh…oui, mais ne l'effraie pas, elle est plus que perturbée, et sa fille aussi. Retrouve-moi à l'entrée de Chatenois dans vingt minutes, je viens de quitter Colmar, j'arriverai sans doute en même temps que toi.

## 17

Tom saute dans sa Renault Captur, toute fière de participer à l'enquête.

Quand on vient de la Vallée vers Sélestat, il faut tourner à droite pour entrer dans Chatenois, on laisse donc la voie principale qui enjambe la voie ferrée Paris-Colmar avant de pénétrer dans Sélestat.

Tom s'arrête à côté du panneau annonçant la bourgade, mais il n'a pas le temps d'arrêter son moteur que Léa surgit à une vitesse excessive, elle lui fait signe de la suivre.

Ils se retrouvent à l'autre bout de la localité devant l'hôtel des Vignes, niché en retrait de la rue devant un petit bois. Léa et Tom sortis de leur véhicule se concertent, « il va falloir jouer serré, Tom ! » prévient Léa, qui ajoute qu'elle a prévenu la mère et la fille de leur visite.

Ils entrent dans l'hôtel et montent directement l'escalier qui les mène sur le palier à l'étage. Léa frappe à la porte de la chambre 18, une voix craintive demande qui est là, Léa s'identifie, la porte s'ouvre, c'est Jessica Weber, le visage dévasté par l'angoisse, qui les accueille.

Ils entrent, Justine, la fille de Jessica est couchée sur son lit, la tête enfouie sous les couvertures.

Jessica approche de son propre lit deux petites chaises en bois qui accueillent Léa et Tom avec circonspection, Jessica s'assied sur le rebord de son lit, Justine remue dans le sien et revient à la surface.

Jessica est habillée n'importe comment, un pantalon de toile beige qui tirebouchonne, un chemisier blanc fâché avec les fers à repasser. Justine, elle, arbore un jean et un polo rouge, « point barre » ajouterait-elle.

Tom approche sa chaise de Jessica pour lui parler à voix basse, dans l'idée de créer une pseudo-atmosphère de confidence, Justine se tortille sans cesse sur son lit.

Tom sait que c'est sans doute sa dernière chance d'avoir le fin mot de l'histoire...

Léa approche aussi un peu son fauteuil vers Jessica, Tom se racle la voix :

— Jessica, merci de nous recevoir, je te rappelle les derniers éléments de l'enquête : d'abord Valère Derrien, l'adjoint de Sotokine vient d'être assassiné chez lui...

— Quoi ?

— Oui ensuite Dany Schmitt, le cousin de Sepp, aussi tué chez lui

— C'est effrayant, bredouille Jessica.

— Et enfin Pierre a été retrouvé pendu dans son garage, mais c'est un assassinat !

— Non !

— Si, le corps a été découvert par Sepp Schmitt. J'ai appris par la gendarmerie que ton mari, Louis, avait déclaré lors d'un recensement d'armes à feu un fusil Mauser. Au gendarme venu l'interroger à ce sujet il a déclaré avoir jeté son arme rouillée.

— Mais ce n'est pas vrai ! crie Jessica, c'est cette arme qui a…enfin qui était encore chez nous vendredi soir…

— Jessica, c'est maintenant à toi, ne me cache rien, même un détail qui pourrait être important.

— Tout ?

— Oui, tout.

— Bon… allons-y, soupire-t-elle longuement avant de prendre son élan. D'abord je commence par Louis, l'âme damnée de Sotokine. Sous des dehors affables, voire enjôleurs avec les femmes, c'est un tyran et surtout un type dangereux, je vis depuis des années dans la peur et les craintes physiques. Après la conception de Justine il s'est fait faire une vasectomie, il ne voulait pas d'autre enfant, ni de moi, ni de l'une de ses nombreuses conquêtes.

— Je comprends, marmonne Tom.

— Son ennemi actuel est, enfin était Pierre Burnhaupt. Quand Claudia est venue le draguer, il n'a pas hésité une seconde, une belle femme comme elle c'était une aubaine pour lui et en plus la compagne de Pierre, tu imagines. C'était il y a cinq ou six mois. Soit il la baisait dans un studio que la société Minalit possède à Neudorf, soit plus simplement chez nous dans une chambre d'amis, pendant que nous étions dans le salon, Justine et moi.

— Je vois le tableau, glisse Léa.

— Louis Weber m'a souvent battue, il est violent, surtout quand il a bu ! ce qu'il n'a pas vu, ce sont les raisons initiales de Claudia : elle avait quitté Pierre parce qu'il couchait avec Laura…vous le savez ?

— Oui, dit Tom sobrement.

— Ensuite elle a dû estimer que Pierre avec Laura cela ne pouvait pas tenir, alors je crois qu'elle s'est mise en tête d'aider Pierre et de régler son compte à Louis. Elle a fouiné partout, au siège social de Minalit qui est à côté de notre appartement.

— Ah bon, vraiment ? tu crois que c'était vraiment pour aider Pierre et le reconquérir ? questionne Tom.

— Oui, elle croisait souvent la secrétaire de chez Minalit. Elles sont ainsi devenues proches, d'ailleurs la secrétaire, que Louis baisait aussi selon ses envies dans les locaux de la société, subissait l'enfer comme Claudia et moi, seule la peur de la violence de Louis l'empêchait de s'en aller.

— Mais c'est incroyable ! rugit Léa.

— En quelques mois, avec l'aide de la secrétaire, Claudia avait récolté un dossier impressionnant de tous les détournements de fonds, malversations et escroqueries auxquels se livraient Sotokine et Louis. Il y a même les noms des trois personnes « disparues » du fait de ces deux-là.

— Et ce dossier ? réagit Tom.

— Claudia n'avait guère d'endroit pour le cacher, elle le changeait souvent de place, mais jeudi dernier, manque de chance, Louis l'a trouvé, il n'a rien dit sur le moment, mais vendredi en fin de matinée, alors que je discutais avec la secrétaire Valérie Kuntz dans les locaux de la société Minalit, il est passé avec Sotokine et le propriétaire de Minalit, Sven Svenson, vous le connaissez ?

— Oui, précise Tom

— En fait je l'ai croisé une première fois la semaine dernière, toujours dans les bureaux de Minalit, un grand blond, la cinquantaine, mais je ne savais pas qui c'était, il allait voir Sotokine. C'est vendredi que Valérie m'a glissé son nom, avant que Louis ne m'oblige à quitter les locaux de Minalit.

— Ton témoignage sera important si Svenson veut nous faire croire par exemple qu'il est arrivé en Alsace seulement cette semaine. As-tu autre chose à dire sur cette journée de vendredi ?

— Euh…non, rien de spécial, quand ils ont dû terminer leur réunion chez Minalit, Louis est repassé dans notre appartement, il a discuté avec Claudia et lui a demandé de le suivre, ils sont sortis par la porte qui donne sur la façade arrière du Centre, tu as déjà vu ces sorties ?

— Oui, Valérie Kuntz me les a montrées quand j'ai rencontré l'équipe de Minalit hier.

Tom fait une pause, va chercher un verre d'eau à Jessica, heureuse d'être entourée d'amis, mais toujours stressée. Justine qui devait entendre plus ou moins s'est un peu redressée, elle vient s'asseoir sur le lit à côté de sa mère.

Tom jette un regard à Léa qui lui fait signe de la tête qu'il doit continuer :

— Bien, Jessica, et le soir, qu'est-ce qui s'est passé ?

## 18

Jessica soupire, se tourne vers Justine qui s'affale à nouveau sur le lit et se met à pleurer à nouveau en se bouchant les oreilles avec ses mains :

— Bon, c'est autre chose...d'abord je dois évoquer les deux filles, Laura et Justine, elles ont, ou elles avaient, enfin bon elles ont le même âge, juste 18 ans, elles se connaissaient depuis des années à l'école, il y a encore six mois elles étaient toutes deux vierges, contrairement à la plupart de leurs copines qui se vantaient de leurs coucheries, certaines dès l'âge de 14 ou 15 ans, avec des commentaires déplacés, enfin c'est aussi l'âge d'internet.

— Et elles se voyaient plutôt chez toi que chez Pierre ? questionne Léa.

— Oui, bien sûr, donc cela commençait à les titiller fortement. C'est là que Laura, profitant de ce que Claudia délaisse un peu Pierre, se met à le draguer. Lui se sent certainement flatté de plaire aux jeunes filles malgré la grosse différence d'âge. Il craque évidemment, et entre dans le jeu de Laura. En quelques jours c'est emballé, il fait la connerie de sa vie, il couche avec elle, pour lui c'est une passade agréable, pour elle c'est... c'est tout, le nirvana, comment dire, oui, tout ou rien, elle s'investit totalement. Elle en parle à tout bout de champ avec Justine et ne se rend d'ailleurs pas compte que cette dernière devient jalouse de son bonheur.

Justine ne réagit pas, mais on voit bien qu'elle écoute ce que dit sa mère.

— Comment sais-tu tout cela ? poursuit Léa.
— Justine m'en parlait, et même Laura aussi quand Justine n'était pas là. Laura avait une totale franchise et aussi une certaine crudité dans son langage et ses expressions. J'imagine que Justine avait du mal à suivre, n'ayant pas encore « franchi le pas ». Et voilà que cette andouille de Pierre s'entiche de Marie, tu le savais ?
— Oui, on me l'a dit, tout se sait dans la Vallée…
— Quand Laura s'aperçoit que Pierre est passé à une autre, elle s'écroule, se met à délirer, s'arrache les cheveux, avoir confié sa virginité à ce salaud ! classiquement elle ne peut pas vivre cela et veut se suicider, je résume sa déconfiture.
— C'est malheureusement une chose qui arrive avec les jeunes de son âge, estime Léa.
— Laura essaie de se tailler les veines aux poignets, c'était dans la chambre de Justine qui n'était pas encore rentrée de cours. Mais cela fait un peu mal, des taches sur le parquet et surtout cela ne marche pas si facilement. C'est alors que Justine entre en scène…
— Tu as l'air de faire de Justine le centre de cette histoire, s'alarme Tom.
— Malheureusement oui, Justine se met à lui susurrer qu'on peut se suicider autrement, par exemple avec le fusil de son père, juste un coup de feu, pas le temps d'avoir mal, c'est vite passé.

Justine se tortille sur son siège, se bouche toujours les oreilles, au moins en partie...

— Les deux filles travaillent ce scénario, poursuit Jessica. Justine fournira le fusil, mais où le faire ? la rancœur de Laura à l'égard de Pierre est telle qu'elle parvient à établir un projet d'une noirceur absolue, elle veut se suicider, la vie ne compte plus pour elle, mais elle veut aussi punir Pierre de sa désertion, c'est comme cela que les deux jeunes filles précisent le scénario.

— Mais attends, Jessica, si on demande à Justine de donner son point de vue, ce sera la même histoire ?

— Je crois que oui, mais tu pourras le faire après, si elle est d'accord, mais tu vois, elle est là, recroquevillée, la tête enfouie dans ses mains et les mains sur les oreilles.

— Très bien, je t'écoute.

— D'abord sache que Justine m'a bien précisé avoir informé son père du projet lors des jours précédents et plus précisément la veille, elle lui a demandé le fusil, il a accepté et a même expliqué en détail comment se servir de l'arme.

— Tu les as entendus en parler ? questionne Léa.

— Oui. Justine a dit à Louis à quelle heure elles allaient mettre en scène le futur suicide, c'est-à-dire pendant que Pierre est à sa réunion hebdomadaire de l'ADV, comme chaque vendredi soir. Elles décident d'y aller à 22 heures, et c'est Louis qui les a véhiculées.

— Et comment... ?

— Attends, Tom. Louis avait donc tous les éléments pour y retourner plus tard, il choisit 23 heures, et il déballe le cadavre de Claudia sous les yeux horrifiés de sa fille qui voyait tout mais ne pouvait maintenant plus bouger au risque de se suicider indirectement (si l'on peut dire...)

— Mais attends, Jessica, tu accuses Louis Weber d'avoir apporté le cadavre de Claudia à 23 heures chez Pierre ? tu l'as vu faire cela ?

— Non, je n'en sais rien, mais il savait ce que manigançaient les filles, alors soit il a pu le faire, soit il a demandé à quelqu'un d'autre de le faire, par exemple les sbires lituaniens de Sotokine.

— Non, Jessica, ne raconte que ce que tu as vu réellement.

— Bon, d'accord, accepte Jessica.

— Quelle histoire ! commente Tom.

— Bon, alors j'étais là quand elles décident donc le vendredi après-midi , reprend Jessica, que le suicide se passera chez Pierre, ensuite que Laura sera attachée par Justine, le canon scotché dans la bouche, les mains liées dans le dos, assise contre un mur, les jambes attachées et repliées contre sa poitrine, le fusil coincé entre ses jambes, et surtout la détente du fusil reliée par une cordelette à ses chevilles. Quand Pierre rentrera de sa réunion, il se précipitera sur elle pour la détacher et en poussant ses jambes, il déclenchera le tir et restera pour le restant de sa vie celui qui a tué Laura. Voilà…d'une Pierre deux coups.

— En résumé Laura s'est suicidée avec l'aide involontaire de Pierre et l'aide efficace de Justine, c'est bien cela ?

— Oui et non. Pour le cas de Laura, Louis n'a rien fait directement mais il a manipulé Justine et Laura, je le hais ! maintenant, si tu veux parler à Justine, on peut essayer.

— Non, crie soudainement Justine, non, je ne veux pas, j'en ai assez de vous entendre, vous ne comprenez rien ! mon père m'a aidé, sans lui je ne pouvais pas aider Laura à mourir, il m'a expliqué comment se servir de son fusil, il nous a emmenées chez Pierre en voiture vers 22 heures, il nous a aidées, oui, vous comprenez ? s'énerve Justine, le visage baigné de larmes.

Justine s'est levée, s'adresse à sa mère :
— Tu as été toujours un boulet, mon père avait raison de te rejeter, tu n'es que…

Jessica a bondi de son siège, s'approche menaçante vers Justine :
— Tu n'es qu'une idiote, ton père t'a manipulée, tu…

La situation dégénère, mère et fille vont s'écharper, Tom s'interpose, Justine crie et sort en claquant la porte, Jessica fait une crise de nerfs, gesticule dans tous les sens en poussant des cris terrifiants, Tom la ceinture en lui chuchotant des mots de réconfort.

Tom et Léa passent un bon quart d'heure à calmer Jessica qui vient de s'allonger sur son lit.

La mère de Justine étant en passe de s'assoupir, Tom se tourne vers Léa :
— Si j'ai bien suivi, chuchote Tom, la mort de Laura est plutôt accidentelle, et comme Claudia aurait été étranglée plus tôt, vers 20 heures, on peut dire que le malheureux Pierre était …innocent ?

— On peut dire cela, répond tristement Léa, la mine grave.

— Mon contrat avec toi se termine donc maintenant ? s'inquiète Tom.

— Euh…oui, mais non, je veux encore te garder un peu avec moi, déclare Léa.

— Je suis à vos ordres, Madame, et j'avoue que j'aimerais bien participer à l'arrestation du meurtrier de Claudia.

On frappe à la porte, avant que Tom ait pu esquisser un mouvement, le commandant Laurent Durban entre :
— Vous permettez que je me joigne à vous ? déclare Durban avec une sorte de sourire autoritaire.
— Comment nous avez-vous trouvés ? se demande Léa.
— Le major Delerme vous a fait suivre discrètement, tout simplement. Alors où en êtes-vous dans l'enquête ?
— Ah ? intervient Tom, vous n'aviez pas fait poser de micros dans cette chambre, Laurent ?
— *Nobody's perfect,* sourit Durban.
— Veuillez m'excuser, mon commandant. D'après le récit de Jessica toujours assoupie, Justine et Laura ont monté un suicide assisté qui devait se retourner contre celui qui découvrirait Laura attachée, donc Pierre, qui a bien cherché à la détacher, sans succès. Pierre est donc innocent, le meurtre de Claudia, antérieur, ne pouvant pas non plus lui être imputé.
— Oui, ce n'est pas impossible, mais...

Quelqu'un frappe à la porte, c'est le major Delerme, qui entre en coup de vent :
— Mon commandant, la jeune fille qui est sortie de votre chambre d'hôtel vient de faire du stop, quelqu'un l'a prise il y a dix minutes, nous aurions dû l'en empêcher ?
— Non, laissez, merci.
— Mais attendez, Major, une voiture de quelle couleur et c'était un conducteur qu'elle connaissait ? demande Tom.
— Je ne sais pas, la voiture était une Renault bleu clair, dit Delerme avant de s'apprêter à sortir.
— Rattrapez-la, s'écrie Jessica qui vient de se réveiller avec tout ce bruit, elle m'inquiète beaucoup en ce moment.
— Oui, absolument, appuie Tom.

Le commandant Durban sort de sa réserve et confirme au major Delerme d'intercepter ce véhicule.

Delerme sort de la chambre et va donner ses ordres. Première information, obtenue d'après l'immatriculation filmée par les caméras surveillant la rue : le propriétaire du véhicule habite Marckolsheim, et s'il rentre chez lui, il doit traverser Sélestat, et pour l'intercepter mieux vaut le bloquer avant qu'il n'entre dans la ville. La brigade de Sélestat est alertée et prend position sur les deux voies principales d'entrée en ville, mais au total vingt-cinq minutes se sont déjà écoulées.

Le lieutenant Gilles Meyer en charge de la COB de Sélestat, craignant d'avoir mis en place ses barrages trop tard, lance deux motards sur les sorties de la ville vers Marckolsheim.

Dans l'hôtel de Chatenois, Durban suit l'évolution de la situation.

Dix minutes plus tard la Renault bleu clair est rejointe, le conducteur s'arrête sur ordre des motards, Justine n'est plus dans la voiture :

— Qu'est-ce qui se passe ? interroge Durban qui est en ligne avec le motard.

— Le conducteur déclare que la jeune fille a demandé à être déposée à un carrefour de la D1063 et la D424, sur le parking de l'hôtel Ibis, précise le motard.

— Bon, alors vous fouillez la voiture, et s'il n'y a rien de suspect, laissez-le repartir, et que la brigade de Sélestat envoie une autre équipe de motards à cet hôtel pour voir s'il y a une piste.

Durban se retourne vers Jessica :
— Nous saurons bientôt ce qu'il en est, madame Weber. Votre fille a-t-elle déjà fait des fugues ?
— Non, jamais…
— Bien, nous allons en rester là avec vous, merci pour votre témoignage, prenez du repos, nous vous tiendrons informée dès que nous avons du nouveau.
— Je ne peux pas rentrer dans mon appartement au Centre, trop de mauvais souvenirs, non, impossible, je ne sais plus où aller.

Le téléphone sonne, c'est Gilles Meyer, le lieutenant de la brigade de Sélestat, Durban met (malheureusement) le hautparleur :
— Mon commandant ?
— Oui Meyer ?
— Je peux vous parler… ?
— Attendez, je coupe le hautparleur, dit Durban alors que Jessica lance un cri terrible, « non, non ! ».
— Là je peux ?
— Oui, Meyer, allez-y.
— Nous sommes allés à l'hôtel Ibis et vérifié qu'elle ne s'y trouvait pas, ni à l'extérieur, ni à l'intérieur où le réceptionniste n'a signalé aucun arrivant.
— Oui, oui et alors ?
— Nous l'avons aperçue marchant le long de la D424, à deux cents mètres à peine de l'hôtel Ibis, elle était arrivée sur le pont qui enjambe la voie ferrée Strasbourg-Colmar…
— Oui, Meyer, bafouille Durban qui commence à comprendre ce que son lieutenant va dire.

— Alors, euh… en nous voyant approcher, elle a grimpé sur le parapet de sécurité, et, apercevant un train arrivant à toute vitesse, elle s'est jetée dans le vide, le train a d'ailleurs lancé un freinage d'urgence, trop tard, bien sûr.
— Vous la voyez ?
— Le corps disloqué a été projeté à une trentaine de mètres sur le côté.
— Merci Meyer, soupire le commandant Durban.

Durban reprend son souffle, se tourne sans parler vers Jessica qui a déjà compris, elle s'effondre en larmes sur le lit.

Durban recommande à Tom de voir avec ce Sepp Schmitt s'il peut héberger Jessica pendant quelques jours.

Léa déclare qu'elle se charge d'appeler Sepp Schmitt et reste avec Jessica en attendant son arrivée.

## 19

Durban et Tom sortent de l'hôtel, et se retrouvent dehors à côté du véhicule de la gendarmerie. Durban est soucieux :
— Quatre morts pratiquement dans la journée, en plus des deux d'il y a trois ou quatre jours, cela fait beaucoup, nous n'avons visiblement pas encore la solution, s'inquiète Durban.
— Vous pouvez m'indiquer où vous en êtes exactement ?
— Oui, je veux bien, nous pouvons recouper nos informations : Valère Derrien a été tué avec un pistolet Sig Sauer 9mm, le même que celui utilisé pour exécuter Dany Schmitt.
— Il faudrait interpeler ces deux Lituaniens qui sont les gardes du corps de Sotokine, ils sont armés, propose Tom.
— Certes, mais nous ne les avons pas encore localisés, ils sont plus que discrets, nous poursuivons les recherches. Il nous faut en priorité les empreintes et relevés ADN de Boris Sotokine et Louis Weber. Pour Claudia Mangano qui a été frappée au visage à mains nues et qui a été violée, il nous faut aussi empreintes et ADN de ces deux Lituaniens. Je me demande bien où ils se cachent. Et aucun témoignage de voisinage sur un suspect lors des assassinats de Dany Schmitt et Valère Derrien !

— Il faudra aussi penser à aller interroger la secrétaire de Minalit, cette Valérie Kuntz.
— Si vous avez le temps de le faire, je préfère que deux gendarmes vous accompagnent, dites-le à Delerme.
— Très bien, à plus tard, Laurent, j'y vais tout de suite.

Tom prend sa Renault, suivi par les gendarmes. Il retourne à Villé et enfile la longue rue qui mène vers le Centre. Il se gare sur le parking plutôt vide.

Il grimpe quatre à quatre les marches de l'escalier conduisant aux bureaux de Minalit, frappe à la porte, entre tout de suite et découvre terrifiée Valérie Kuntz qui le fixe d'un regard affolé :
— Ah vous m'avez fait peur, monsieur Randal, je croyais que c'était Louis Weber.
— Non, calmez-vous, il sera interrogé prochainement.
— Quel soulagement ! vous n'imaginez même pas.
— Je suis venu vous demander ce que vous savez sur la journée de vendredi dernier, jour de la disparition de Claudia.
— Ah vendredi, oui…d'abord je dois vous dire que j'avais un contact très agréable avec elle, une femme intelligente, mais elle en voulait à Sotokine et au propriétaire, Sven Svenson…
— Vous avez rencontré Svenson ?
— Oui, évidemment, il était venu ici dans ces locaux avec les deux gardes du corps de Sotokine, affreux ceux-là.
— Quel genre de type est Svenson ?
— Un grand blond, autoritaire, plutôt beau quand même.
— Et ensuite ?
— Il était très énervé ce vendredi matin, il a reçu Sotokine et surtout Louis Weber dans la pièce où vous étiez avec Léa Koenig,
— Pourquoi ?

— Louis Weber a expliqué à Svenson qu'il avait enfin trouvé la veille un dossier que Claudia cachait ici. Jusque-là, Weber me battait régulièrement quand je disais que je ne trouvais pas le dossier, et plusieurs fois il a voulu baiser avec moi pour me punir, mais je n'ai pas réussi à l'en empêcher car il me menaçait de mort, j'étais terrifiée.

— Et ce dossier, Valérie ?

— C'est une bombe, il y a toutes les preuves accumulées par Claudia pour envoyer Sotokine et Louis en prison. J'entendais à travers la cloison leur discussion houleuse, ils étaient effarés par le contenu du dossier de Claudia, puis tout d'un coup les trois sont sortis, et Louis Weber, lui, est retourné dans son appartement.

— Et ensuite ? s'impatiente Tom.

— Je ne sais pas, Jessica doit en savoir plus, mais je crois qu'ils ont dû embarquer Claudia et sont sortis par l'escalier arrière, vous savez bien, celui que je vous ai montré, en tout cas je ne l'ai pas vue de l'après-midi.

— Quelle histoire, soupire Tom, et finalement ce dossier de Claudia, où est-il, Valérie ?

— Figurez-vous qu'en partant en coup de vent, ils ont laissé le dossier sur la table de la salle de réunion, je l'ai caché sans rien dire, il est ici, je l'ai gardé.

— Pouvez-vous me le confier ?

— Je préfèrerais le confier aux gendarmes, non ?

— Vous avez d'autant plus raison qu'ils sont dehors à m'attendre.

— Et les deux Slaves ?

— Ils ont disparu, mais sont aussi activement recherchés, ne craignez rien.

— Ah bien, tant mieux, je vais vous chercher le dossier, dit Valérie en s'éclipsant dans la pièce d'à côté.

Tom en profite pour faire entrer les deux gendarmes et leur explique que Valérie va leur confier un dossier très important à remettre en mains propres à leur supérieur.

Valérie est de retour avec le fameux dossier, elle le confie cérémonieusement aux deux gendarmes, Tom la remercie vivement et lui serre chaleureusement la main.

Le retour à la brigade fait son effet lorsque, sous le regard de Tom, les gendarmes tendent leur butin au major qui le transmet au commandant avec la vivacité d'un demi de mêlée de rugby qui fait la passe à son trois-quart aile…

## 20

Il est déjà midi largement passé, Tom a une petite faim, en attendant Léa il va à la pâtisserie de Villé où il est accueilli avec des grands sourires par tout le staff, les deux sœurs, la belle-sœur et la fille de cette dernière, qui lui souhaitent un bon appétit.
Il ne commande qu'un plat, le plus léger possible, sinon il va exploser.

Pendant son repas, le major Delerme l'appelle et l'informe que Sepp Schmitt vient d'être contrôlé, il a montré son fusil, le numéro de série est bien noté. Mais Louis Weber, contacté sur son portable, a raconté qu'il avait dû jeter le fusil, il était rouillé, jeté où ? il ne savait plus…

L'implication de Louis Weber semble se confirmer, même si on n'a pas encore de preuve irréfutable, mais les détails de ses agissements restant à éclaircir. Delerme s'est rendu ensuite à l'appartement de Louis qui n'y était pas, il demeurait maintenant introuvable, les questions sur le fusil ont dû l'inquiéter.
Un employé du Centre dit l'avoir vu partir en voiture avec les deux Lituaniens, précise Delerme en concluant son appel.

Tom tente ensuite de rappeler Léa, mais elle est sur répondeur.

Que faire ?

Il discute avec les patronnes du restaurant, on plaisante, il prend un café, règle sa note et sort sur la place, où se trouve notamment son hôtel.

Il lui vient l'idée de faire quelques pas dans le bourg, il arrive devant cette librairie dont Nina lui avait parlé. Il y entre pour jeter un œil sur les nouveautés. Les libraires, les darons comme ils s'appellent, engagent la conversation et proposent gentiment de l'aider.

Tom précise qu'il adore visiter des librairies, chacune a son style, et cela lui donne une envie d'acheter plein de livres, des classiques comme des récents. Mais là il est en mission et n'a guère le temps de s'adonner à ce passe-temps favori.

Un des libraires qui l'observait attentivement lui demande s'il n'est pas le détective Randal qui sévit dans la Vallée. Tom sourit et acquiesce. Le libraire poursuit et lui révèle qu'ils ont eu il y a quelques mois la visite d'un auteur, un certain Pat Cartier. « Ce nom vous dit quelque chose ? » suggère le libraire. Tom répond que non, il n'est qu'un personnage, c'est une Anomalie...

Tom remercie les libraires pour leur accueil et sort. Son téléphone émet des vibrations, il se précipite, mais ce n'est pas Léa, c'est...Twiggy !

— Quelle surprise, tu te souviens de moi, Twiggy ?
— C'est toi qui pourrais me donner de tes nouvelles.
— Je n'ai pas eu beaucoup le temps, désolé.
— Quand tu me dis cela, c'est que tu es très occupé avec tes contacts féminins, sacré Tom. Alors, tu as trouvé le coupable de ces meurtres ?

— C'est pour bientôt, j'espère boucler l'enquête dans les jours qui viennent.
— C'est quand même très étrange, Tom, tes enquêtes hors de la région parisienne ne durent toutes qu'une semaine, c'est bizarre, non ?
— C'est presque vrai, à part mon déplacement en Nouvelle-Zélande.
— Et ma copine Léa Koenig t'a bien reçu ?
— On peut dire que oui.
— Je m'en doutais, dit-elle en riant, c'est une drôlesse. Au fait je pars sans doute demain en weekend avec Bruno Dacourt.
— Ton commissaire chéri de la place Saint-Sulpice ? il n'est plus marié ?
— Il y a de l'eau dans le gaz dans leur couple, alors il a pu s'échapper pour deux jours.
— Et ton mari ?
— Il est pépère à la maison, toujours à se renseigner sur le prochain pèlerinage.
— Donc tout va bien, je…voudrais te demander quelque chose.
— Ouh là ! de quoi s'agit-il ?
— Tu ne me facilites pas la tâche, je voudrais que tu me dises comment on sait si on est…amoureux de quelqu'un ?
— C'est bien ce que je craignais, Tom…je ne te demande pas de qui, c'est trop clair. Moi-même je l'ai été quand j'avais quinze ans et depuis rien, je ne suis pas la mieux placée pour te renseigner, disons que c'est quand tu as les idées à l'envers, une perturbation totale, tu vois ?
— Non, pas du tout…attends, Twiggy, c'est Léa qui m'appelle, c'est urgent, je dois raccrocher, je t'embrasse.

Tom reprend son souffle :

— Oui, Lea ?
— Sepp Schmitt est venu prendre en charge Jessica qui fait pitié à voir, elle est comme submergée...je vais donc maintenant venir à Villé et au fait, j'ai dit à l'expert-comptable de t'appeler, il a des commentaires à faire sur les bilans et les comptes. En résumé, il m'a dit que Sotokine va mettre la société Minalit en dépôt de bilan, tu te rends compte ! on dirait un château de cartes qui s'écroule, un château de certitudes...
— Oui... j'attends son appel.

Toujours dans la rue et marchant vers son hôtel où est garée sa voiture, Tom reçoit l'appel annoncé :
— Monsieur Tom Randal ?
— Oui.
— Francis Martin, l'expert-comptable de Maitre Koenig à l'appareil.
— Oui, merci pour votre appel, vous avez du nouveau ?
— En effet, globalement les comptes de la société Minalit ainsi que ceux du quartier Neudorf d'ailleurs sont bizarres. Mais plus précisément, Minalit affiche dans son bilan, comme apports au passif le capital de 10 millions et trois prêts d'un total de 210 millions, soit 220 millions d'apport. Mais il reste à l'actif seulement 195 millions de trésorerie.
— C'est normal ? questionne Tom.
— Si on veut, dans le sens que l'on voit aussi à l'actif cette différence de 25 millions dans le poste immobilisations. Ce qui me chagrine c'est qu'il manque le compte de résultats qui aurait précisé à quoi ont servis ces 25 millions passés en immobilisations...
— C'est bizarre, commente Tom.
— Et puis aussi, poursuit Francis Martin, il manquait une annexe indiquant dans quelle banque sont ces sommes

importantes. J'ai donc appelé, à titre confidentiel, mon confrère du cabinet de Strasbourg qui a signé les comptes de la société. Il m'a donné les coordonnées de la banque dépositaire, il s'agit d'une banque de Strasbourg, la BGPA.

— C'est une banque de dépôt ? questionne Tom qui entend ce nom de BGPA revenir sur le devant de la scène.

— Non, de gestion de patrimoine. La société Minalit a ouvert un compte à la BGPA, elle a un capital de 10 millions, aux mains de la famille Svenson. Mais ensuite des fonds ont été déposés sous forme de prêts par trois sociétés.

— Vous avez leur intitulé ?

— Oui, d'abord par un constructeur de véhicules européen pour 50 millions, celui qui participe aussi à la société suédoise de batteries au lithium que contrôle Svenson.

— D'accord, et ensuite ?

— Par un investisseur chinois, la Xining Mining corporation représentée par un certain Deng Jinmei pour 80 millions et enfin par un investisseur russe, la Nordmining, représentée par Grigori Kamenev pour 80 millions également.

— Ce qui fait bien les 210 millions d'apport sous forme de prêts. Vous avez pu voir quelles garanties ces prêteurs ont exigées de Minalit ?

— Vaguement, oui, il s'agit d'accords pour que les prêteurs puissent acheter à des taux très préférentiels une partie de la future production de lithium de Minalit.

— C'est vraisemblable, dit Tom.

— Le scoop, c'est que cette banque basée à Strasbourg, la BGPA, vient de recevoir en début d'après-midi un ordre de virement de 30 millions depuis le compte Minalit, virement initié par Sotokine.

— Virement vers où ?

— Vers un compte personnel de Sotokine à Vilnius en Lituanie ! et la BGPA a l'ordre de vider progressivement les 195 millions du compte dans les sept jours à venir : Minalit sera alors en dépôt de bilan !

— Je suis sidéré... merci monsieur Martin, si vous avez d'autres informations de ce genre, merci de m'en faire part.

— Pas de souci, je vous tiendrai au courant de tout développement, à bientôt monsieur Randal et mon bon souvenir à Maitre Koenig.

Tom rappelle d'urgence Léa, pour qu'elle prenne rendez-vous avec le président de la BGPA aujourd'hui même. Il lui explique en quelques mots la situation et ajoute que, s'il le faut, ils se feront accompagner par la gendarmerie !

Au bout d'un quart d'heure d'attente au standard de la banque, Léa obtient d'être mise en contact avec la secrétaire personnelle du président de la BGPA.

Cette secrétaire fait une résistance acharnée, et dit ne pas pouvoir laisser Léa entrer en communication avec le président Philippe Neuvillers, qui est malheureusement très pris. Au terme d'une conversation houleuse Léa obtient un rendez-vous, mais dans dix jours seulement. Pour forcer le barrage et si elle n'obtient pas un rendez-vous aujourd'hui même, Léa agite le spectre des forces de la gendarmerie stationnant sur le parking de la BGPA, tous gyrophares allumés, avec dix gendarmes en armes sur le perron, au vu de tous les passants.

La secrétaire met l'appel en pause quelques instants pour prendre ses ordres auprès du président.

Finalement, le rendez-vous est fixé aujourd'hui à 18 heures 30...

## 21

Tom sent qu'il a encore le temps de régler un autre problème avant d'aller à Strasbourg.

Pendant sa balade dans Villé après le déjeuner sommaire, il a pensé au tiret séparant les deux groupes de chiffres sur le morceau de papier glissé par Derrien dans les locaux de la mine.
 Des coordonnées GPS ! mais oui, bien sûr !

Il a donc entré sur son smartphone ces chiffres tel quel dans son application de cartographie, et le point correspondant à ces chiffres est apparu, non pas au Kamtchatka ou en Bolivie mais …à Albé près de l'aérodrome ! approximativement en limite du terrain de la mine, que faire ? il appelle Durban :
 — C'est Tom, mon commandant.
 — Je vous écoute.
 — Je crois bien que les chiffres sur le papier que Derrien m'a donné sont des coordonnées GPS, j'ai testé, elles indiquent un point sur le terrain de la mine.
 — Ah ! je n'ai pas encore eu le temps de me pencher sur ce détail.

— Je voudrais aller voir sur place et creuser à cet endroit, avec votre aide.
— C'est une propriété privée, je n'ai aucun droit d'y pénétrer avec mes hommes.
— Même dans le cas d'une enquête pour meurtre ?
— Dans certains cas c'est possible, mais ici je n'ai aucun motif tangible, sérieux, ici il s'agit plus d'une intuition de votre part, je sais que vous êtes inventif, mais quand même...
— Je...je vous remercie, mon Commandant.

Tom raccroche, abasourdi, c'est vrai que c'est un coup de poker mais après presque un an de recherches vaines concernant les trois disparus, il faudrait quand même tenter quelque chose, s'insurge Tom qui suspecte le brutal Sotokine...

Après réflexion, il appelle Sepp Schmitt qui répond :
— Sepp, j'ai besoin de toi maintenant, peux-tu me rejoindre à la mine ?
— Je peux m'arranger si c'est vraiment important...
— Bon, viens avec au moins quatre types en qui tu as confiance, tous armés, fusil ou pistolet, dès que possible. Tu forces l'entrée...
— Pas la peine, je connais bien Mathieu, c'est le dernier sur le site en ce moment.
— Bien, et tu me rejoins près des bureaux, si tu ne me vois pas dehors, c'est que je suis à l'intérieur, alors entre sans frapper !

Tom remonte dans sa voiture et démarre en trombe, il traverse Albé sans se tromper, comme la veille, et rapidement atteint le site à l'entrée duquel un employé est en poste à la barrière pour contrôler le trafic des visiteurs ou salariés.

Tom se présente et l'employé lui indique où sont les bureaux, en précisant que monsieur Sotokine est là.

Il se gare devant le local baptisé « bureaux » et appelle Sepp :
— Sepp, tu es en route ?
— Oui, je quitte Villé, je serai là avec mes quatre gars dans moins de dix minutes.
— Viens directement aux bureaux, je serai à l'intérieur.

Tom ferme sa voiture et marche jusqu'à ce local, il frappe à la porte, Louis Weber, qui a dû être prévenu par le garde à l'entrée de la mine, lui ouvre tout de suite, Tom entre et salue d'un geste Boris Sotokine qui l'attend de pied ferme.
Debout il est encore plus imposant que la veille. Ce grand gaillard de type slave a quand même de la prestance, même s'il est un peu enveloppé. Il accueille Tom avec une poignée de main très ferme et un visage complètement fermé, voire hostile.
Tom jette un œil au sol, à toutes ces taches, c'est vraiment délabré.
Sotokine se racle la gorge, fixe les yeux de Tom, ses traits se durcissent encore plus :
— Monsieur le détective, vous êtes indésirable dans le quartier de Neudorf et ici aussi, vous nous faites perdre notre temps, je vous demande expressément de quitter le Val de Villé dès ce soir.
— Mais je ne vous ai perturbé en rien.

— Vous créez une très mauvaise ambiance autour de vous et contre nous !

Sotokine et Weber se concertent rapidement en chuchotant, puis :
— Randal, désolé, mais vous…

Un violent crissement de pneus interrompt Boris Sotokine, tandis que Louis Weber se précipite à la fenêtre, il se tourne, effaré, vers son chef :« ce sont des types du village, armés ! ! ». Il ajoute « ils sont cinq !! ».

On entend quelqu'un frapper à la porte, puis entrer sans attendre de réponse, Sepp et ses quatre hommes, armes à la main sont là, en un tour de main ils vérifient que Boris et Louis ne sont pas armés.

Boris se tourne vers Tom :
— Vous prenez de gros risques, monsieur Randal, tonne Sotokine, le regard glacial
— C'est vous qui venez d'en prendre, monsieur Sotokine !

Tom se fait remettre les clés du bureau et enferme Sotokine et Weber dedans.

Puis il prend les commandes du groupe :
— D'abord Sepp, fais surveiller les véhicules des deux dirigeants de Minalit.
— Robert, tu t'en occupes.
— Ensuite tu sais conduire une pelleteuse, Sepp ?
— Bien sûr, pour qui tu me prends ? un Parisien ?
— Comment trouver les clés d'une telle machine qui doit être dans le hangar là-bas ?

— Mathieu qui travaille ici et nous accompagne doit savoir où elles sont, non ? dit-il en se tournant vers Mathieu.
— Oui, pas de problème.
— Bon, alors Sepp et Mathieu vous démarrez la bécane et nous allons là-bas, déclare Tom en désignant l'autre bout du terrain où doit se trouver sa cible, d'après les coordonnées fournies par Derrien.

Tom, armé de son GPS, repère le point recherché qui correspond, à deux mètres près, à une zone de terre fraichement retournée.

Une petite heure plus tard, Mathieu, qui a pris le relais de Sepp, a bien creusé, mais toujours rien, quand la gendarmerie surgit sur le site, la barrière étant restée ouverte sans surveillance. Quatre gendarmes de la brigade de Villé, sans leur major resté en poste à Villé, et toute la brigade de recherche, la fameuse BR de Sélestat, suivent le commandant Durban en personne.

Le 4x4 du commandant s'arrête à dix mètres de la fosse :
— Nous avons été appelés par le directeur de Minalit pour une intrusion armée, c'est bien de votre fait, monsieur Randal ? sourit in petto Durban.
— Oui, j'avoue, sourit Tom qui tend ses poignets en attendant d'être menotté..
— Alors je vous demande d'arrêter vos travaux, de libérer vos prisonniers dans le bureau et de vous mettre à notre disposition pour vous voir notifier votre...

Un cri s'élève, rauque, énorme, le pelleteur crie encore, tout le monde s'approche de la fosse, on découvre un corps, puis deux à mesure que le pelleteur progresse en silence, puis un troisième.

Tom Randal lui dit de s'arrêter :

— C'est à la gendarmerie d'identifier les trois corps, notre action est terminée, déclare Tom à haute voix, Sepp, merci pour ton aide, toi et tes gars, merci.

Durban dévisage Tom, esquisse un sourire, le dossier des trois disparus semble en bonne voie d'être résolu, il s'approche de Tom et vient lui serrer la main, sans un mot. Tom ne dit rien non plus.

Finalement un « merci » discret sort de la bouche de Durban, tandis que Tom, en train de rassembler ses affaires, lui suggère de faire des prélèvements ADN sur les taches au sol dans le bureau, notamment sur celles qui dépassent du tapis miteux.

Durban appelle la section de recherche de Strasbourg et lui demande de venir en toute hâte pour prendre en charge les trois cadavres, les identifier et découvrir l'origine de leur mort. Il ajoute un mot sur de nouveaux prélèvements ADN à faire d'urgence. Mais on lui répond que les techniciens en identification criminelle sont encore à Villé et peuvent être là en quelques minutes.

Un gendarme arrive en courant, criant que les individus enfermés dans le bureau se sont évadés par la fenêtre, puis ils ont assommé le collègue de Sepp Schmitt affecté à la garde de leurs véhicules, et se sont enfuis à bord de ceux-ci.

Durban lance une alerte sur tout le canton de Villé et jusqu'à Sélestat pour retrouver ces fugitifs.

Tom, Sepp et leur équipe quittent les lieux en toute hâte…mission accomplie !

## 22

Tom, de retour à Villé, fait un rapport rapide à Léa qui l'attendait à l'entrée de l'hôtel des Trois Sapins.

Comme l'après-midi est déjà avancée, et que le trafic autour de Strasbourg est souvent chargé, elle propose de se mettre en route pour leur rendez-vous à la BGPA.

Tom se demande si y aller avec Durban serait une bonne idée, histoire de faire pression sur le président de la banque, Philippe Neuvillers, car enfin l'accueil téléphonique lorsqu'ils ont voulu prendre rendez-vous a été pour le moins exécrable !

Léa trouve que c'est une bonne idée, alors Tom appelle Durban :

— Laurent, c'est encore Tom ! attaque-t-il d'entrée, puisqu'ils en sont passés aux prénoms.

— Oui…Tom ?

— Nous avons rendez-vous à la BGPA, vous connaissez peut-être ?

— Là où sont déposés les fonds de Minalit ?

— Euh…oui, bredouille Tom qui marque sa surprise de voir Laurent Durban très au courant de la situation, j'aimerais que nous y allions à trois, avec Léa, car je crains que ce monsieur ne se conduise de façon très réticente.

— C'est à quelle heure ?

— 18 heures 30, précise Tom.
— C'est possible, je viendrai avec deux de mes hommes, et un gyrophare si vous voulez, sourit Durban.
— C'est boulevard du président Edwards, à Strasbourg.
— Oui, on se retrouve là-bas à 18 heures 25.
— C'est un plaisir d'être accepté dans votre équipe, Laurent.
— C'est réciproque, mon cher Tom…glisse Durban avec un sourire intérieur.

## 23

Le groupe des trois, déjà repéré sur le parking de la BGPA par une silhouette à l'étage, franchit le perron et entre dans le hall d'accueil de l'immeuble.

Une secrétaire, sans doute récente Miss France, vient à leur rencontre, tout sourire, sanglée dans un impeccable tailleur à basques gris anthracite, jupe sous le genou et talons aiguilles. Léa sourit, Tom écarquille les yeux, Laurent Durban reste de marbre.

Elle les conduit à l'ascenseur en verre qui les mène à l'étage, où nos trois aventuriers foulent une épaisse moquette jusqu'à la porte en chêne massif du président.

Elle frappe à la porte, attend quelques secondes pour la forme avant d'ouvrir et s'efface pour leur laisser le passage.

Le bureau est vaste comme un T3 mais sobrement meublé, deux ou trois tableaux de maitre animent les murs, une statue en bronze monte la garde, la large baie vitrée laisse apercevoir un jardin manucuré.

Philippe Neuvillers, président de la BGPA, s'est levé et se dirige sans se presser vers Maitre Léa Koenig à qui il veut faire un baise-main, mais c'est raté car Léa empoigne la main du président et la serre. Déçu, Neuvillers vient ensuite serrer la main de Durban et celle de Tom, qui se présentent au passage.

Neuvillers retient un instant la main de Tom pour lui glisser avec un petit sourire : « Mon épouse et moi étions invités hier soir chez les Wolff, Jean et Elise, que vous connaissez bien, je crois, Elise vous tient...en haute estime, monsieur Randal ».

Laurent ne passe pas inaperçu car il est en tenue de commandant de gendarmerie, une tenue bleu foncé, où quatre barrettes scintillent, des chaussures tout-terrain qui s'adaptent avec facilité à la moquette moelleuse. Mais ce qui retient l'attention, c'est bien sûr l'arme qu'il porte à son ceinturon du côté droit, un Glock 9mm...

Les trois visiteurs sont assis dans des petits fauteuils face à Neuvillers dont le bureau est de la taille approximative d'un porte-avion.
Le président a revêtu un costume trois pièces gris clair, son gilet est en cuir fauve, la cravate s'inspire d'un tableau de Matisse. Tout va bien...

Tout le monde sourit, poliment, Neuvillers entame la conversation :
— Maitre Koenig, que puis-je pour vous ?
— Je vous remercie de m'avoir accordé ce rendez-vous, un peu au débotté, et ce malgré sans doute l'emploi du temps chargé qui doit être le vôtre.

Tom commence déjà à remuer sur son fauteuil en lançant des regards à Léa, du genre « on n'est pas dans un salon de thé, attaque ! »
— Voilà, reprend Léa, nous savons que vous avez ouvert un compte dans votre établissement à la société Minalit, nous

voudrions savoir quelles sommes sont inscrites sur ce compte et quels contacts vous avez avec les dirigeants de Minalit.

— Chère Maitre Koenig, vous savez que le secret bancaire ne m'autorise malheureusement pas à vous fournir une quelconque information sur le compte Minalit, j'en suis navré.

— Je serais également navré, monsieur Neuvillers, intervient Laurent Durban, de vous placer en garde à vue à la gendarmerie de Sélestat pour 24 ou 48 heures si vous gardez le silence.

— Je...mais comment cela ?... est-ce une menace ?

— J'ai deux gendarmes qui m'attendent sur votre parking et viendront vous forcer à les suivre dans leur fourgon si vous maintenez votre position, choisissez immédiatement, je dis bien immédiatement.

— Je...comment vous...bon, que voulez-vous savoir ?

— Je vous l'ai déjà dit, balance Léa.

— Bon, alors j'ai rencontré à l'ouverture du compte de la société suédoise Minalit, il y a quelques années, monsieur Svenson, président et son directeur général monsieur Boris Sotokine. Ils ont déposé 210 millions d'euros venant des investisseurs suivants...

— Oui, nous les connaissons, le constructeur automobile qui a déjà investi dans la méga-usine de Svenson qui démarre en Suède, ainsi que des sociétés minières russe et chinoise, commente Tom.

— Oui, c'est cela. Comme les dirigeants de Minalit devaient attendre les autorisations d'exploitation, j'ai placé ces fonds dans des OAT à 5 ans.

— C'est quoi une OAT, interroge Tom.

— Une Obligation Assimilable du Trésor, précise Neuvillers qui en profite pour prendre un ton supérieur face à Tom, c'était une façon de ne pas prendre de risque de placement, d'assurer un rendement et de conserver une certaine liquidité.

— Bien, ensuite ? questionne Durban qui commence à s'ennuyer.

— Oui, que s'est-il passé dans les deux dernières semaines, précise Tom.

— Ah ! oui…c'était très étrange !

— Je vous en prie, expliquez-vous, avance Léa qui a failli dire « alors tu accouches ? ».

— Figurez-vous que j'ai fait la connaissance, en début de semaine dernière, du second actionnaire de Minalit, le premier étant bien sûr monsieur Svenson avec 64%.

— Oui, alors ? s'impatiente Tom.

— Donc j'ai reçu, susurre Neuvillers qui ménage ses effets, la deuxième actionnaire, madame Svenson qui possède 36% des parts de Minalit.

— Il y a une madame Svenson ? s'étonne Léa.

— Oui, elle m'a demandé de lui virer 100 millions sur un compte à l'étranger, j'ai vérifié ses papiers car je ne l'avais jamais vue, tout était en règle, mais comme je devais vendre des OAT pour avoir la trésorerie suffisante pour ce virement, je lui ai dit qu'il me fallait quelques jours pour réunir cette somme.

— Elle ressemble à quoi, cette madame Svenson ? balance Tom, énervé d'apprendre que la situation se complique.

— Une très jolie femme, comme toutes les Suédoises, je suppose, commente Neuvillers d'un air suave,.

— Et ensuite ? poursuit Léa.

— Trois jours plus tard j'ai eu une autre surprise, monsieur Boris Sotokine est venu avec un Russe, monsieur Kamenev et un Chinois, monsieur Jinmei, je ne sais pas si je prononce correctement…il m'a demandé de virer la totalité investie à titre de prêts par ses deux compagnons sur des comptes en Russie et à Pékin, ou si c'est plus rapide, sur le compte de monsieur Sotokine à Vilnius. Comme ce montant dépassait le solde qui serait resté après le virement de madame Svenson, j'ai appelé monsieur Svenson pour qu'il me donne la marche à suivre, il est venu d'urgence jeudi dernier dans son avion personnel, il n'avait pas l'air au courant de ces demandes de retrait…j'étais pour le moins bloqué, à vrai dire…

— Donc vous aviez, monsieur Neuvillers, trois personnes en face de vous qui ont la signature pour des virements sur les comptes Minalit, résume Tom.

— Oui, et ils se manifestent dans la même semaine ! pour madame Svenson, je n'ai aucune idée de ce qui la pousse à demander son virement, sauf une raison strictement personnelle, hors le sujet Minalit. Par contre monsieur Svenson, comme vous le savez sans doute, doit faire un virement vers sa société en Suède, Ampèr, qui construit cette méga-usine de fabrication de batteries pour automobiles. Il en a terriblement besoin car le projet d'investissement est estimé à un milliard et ses partenaires, qui sont deux constructeurs automobiles, ont déjà versé chacun 400 millions, Svenson n'a que quelques jours pour verser sa part de 200 millions sinon il est ruiné. Donc il ne peut pas accepter la demande de virement de madame Svenson, pas plus que celle de monsieur Sotokine et de ses investisseurs.

— Il m'a semblé que monsieur Sotokine vous aurait proposé, pour une question de commodité, d'étaler ce transfert de fonds sous forme de cinq ou six virements de 30 millions, dont le premier devait se faire hier, l'avez-vous fait ? interroge Léa.

— Non, malheureusement, puisque monsieur Svenson était intervenu pour revoir tout planning de mouvement de fonds.
— Donc vous confirmez, monsieur Neuvillers, qu'à cette heure, aucun virement n'a été fait et qu'il reste sur le compte de Minalit les 195 millions ? veut savoir Tom.
— Oui, je le confirme.

Un silence lourd s'installe, que Tom se charge de rompre :
— Vous avez des documents administratifs de Minalit, interroge-t-il.
— Oui, là dans mon dossier, que voulez-vous ?
— Les bilans ? ou plutôt d'abord un extrait K-bis peut-être.
— Pas de problème, voyons voir, avec toutes ces paperasses ! ah le voici, ce K-bis, tenez, monsieur Randal.
— Merci, monsieur Neuvillers, déclare Tom, qui commence à lire le document à haute voix...

Un cri ! un cri que Tom n'a pas pu réprimer, Tom qui se tourne vers Léa, « madame Claudia Svenson née Mangano, détentrice de 34% des parts ! ».

« Quoi ? bon sang », s'exclame Léa.

« Nom de Dieu ! » articule Laurent Durban.

## 24

Stupeur dans le bureau ! Neuvillers, scrutant les mines défaites des trois visiteurs qui semblent avoir besoin de se concerter, propose : « souhaitez-vous que je vous laisse un instant ? ».
« Volontiers ! » accepte Tom.

Philippe Neuvillers sort tranquillement du bureau, les trois visiteurs se lèvent et s'approchent les uns des autres :
— Cela change tout, chuchote Léa.
— Je dois appréhender Svenson dès que possible, poursuit Laurent Durban sur le même ton.
— On dirait que toute la stratégie de Claudia consistait à nuire à Svenson, ou à s'emparer des capitaux de Minalit, imagine Tom.
— Il faut bloquer ici toute transaction, conclut Durban.

Tom se prépare à aller avertir le président de la fin de leur conciliabule quand la porte s'ouvre pour laisser entrer Neuvillers, qui a dû surveiller par vidéo les mouvements des visiteurs.

Chacun retrouve sa place assise :

— Monsieur Neuvillers, avez-vous d'autres rendez-vous programmés avec les personnes concernées par Minalit ? interroge Durban.

— Oui, répond-il après une légère hésitation, demain matin à 8 heures monsieur Svenson vient ici, de son côté monsieur Sotokine n'arrête pas de me harceler pour trouver un arrangement pour ses virements.

— Bon, laissez venir Svenson demain matin et laissez trainer Sotokine un jour ou deux, je précise que c'est un ordre, n'essayez pas d'y contrevenir ni d'informer ces personnes de notre visite de ce jour, est-ce bien clair ? assène Durban avec force. J'ajoute que les comptes de Minalit sont bloqués pour l'instant, n'est-ce pas ?

— Je…j'ai bien noté votre demande, bafouille Neuvillers qui ne se voit pas en garde à vue à Sélestat, dans les locaux de la gendarmerie, qu'il imagine froids et pourquoi pas humides, comme dans les films.

— Dans ces conditions, conclut Durban en guettant l'approbation de Léa et Tom, nous en avons terminé pour ce jour, merci de votre accueil, monsieur le président.

Tout le monde se lève, pas un mot de plus, on ne se serre pas les mains, en quelques secondes, les trois visiteurs sont dehors devant leurs véhicules.

Laurent Durban propose de se revoir pour un dernier point de la journée, par exemple à la Brigade de Villé, Léa et Tom acquiescent.

## 25

Une soirée à la gendarmerie de Villé, pourquoi pas ? Delerme, prévenu, a fait venir des sandwichs et des bouteilles de Fischer à boire au goulot, c'est meilleur.

Ils sont quatre dans le bureau de Delerme, Sylvie va être furieuse de ne pas avoir été conviée à cette soirée, les quatre conviennent de ne rien lui dire, tout en riant comme s'ils lui faisaient une farce !

Durban, après avoir déballé son sandwich jambon-beurre, croqué dedans avec délice et bu une gorgée de bière, lance les débats :

— Je dois, pour commencer, vous donner les résultats, que je viens d'obtenir dans la soirée, de nos prélèvements ADN ou empreintes : nous avons surtout obtenu ceux des deux tueurs lituaniens lors d'un contrôle d'identité que notre major ici présent avait organisé, lors du récent discours de Sotokine sur le perron du Centre de Neudorf. Ces drôles, pris au dépourvu, ont été fouillés sans opposer de résistance, nous avons relevé les caractéristiques de leurs pistolets à peine dissimulés sous leurs blousons.

— Et les conclusions ? s'enquiert Tom pressé de connaitre les résultats.

— D'abord c'est le pistolet porté par Riho Bistras, le premier Lituanien, qui a tiré les balles fatales sur Dany Schmitt, sur Valère Derrien ainsi que sur Lothar Braun et Joseph Talloire, les « disparus » découverts en fouillant avec la pelleteuse dans le sol de la mine. Apparemment c'est bien lui l'exécuteur, son compère lituanien Jaak Tumènas n'a pas tiré là avec son arme. Mais l'ADN des deux Lituaniens se trouvait sur les cordes qui liaient les mains de Claudia dans son dos, ce sont eux aussi qui ont violé Claudia vendredi après-midi et qui l'ont étranglée vendredi soir vers 20 heures..

— Mais les Lituaniens sont toujours dans la nature ? s'inquiète Léa.

— Oui, nous avons l'adresse du gite rural où ils séjournent à Maisonsgoutte, nous irons demain à l'aube tenter de les appréhender sans effusion de sang.

— Et les autres ? cela ne va pas être facile, surtout les deux dirigeants, veut savoir Tom.

— Nous avons localisé Sotokine et Svenson, après les avoir filés, chacun dans un hôtel différent, Sotokine à Fouchy près de Villé, et Svenson à Saint-Hippolyte sur la route des vins, nous avons fait discrètement des prélèvements sur leur véhicule ou dans leur chambre, notre major a fait du bon travail. Le principal résultat, c'est que les traces ADN sur le visage de Claudia quasiment défoncé sont celles de Svenson qui a frappé avec sauvagerie.

— Il semblerait que le plan de Claudia était aussi machiavélique, commente Tom, elle voulait détruire Svenson et aussi récupérer de l'argent de la société où elle était actionnaire minoritaire, finalement l'affaire Claudia pourrait entrainer Svenson dans sa chute.

— Pour finir, intervient Durban, Sotokine est celui qui a organisé le meurtre des trois « disparus », les prélèvements en cours vont dans ce sens.
— Ah oui, vous les avez déjà ?
— Oui, nous avons eu ce soir en urgence les résultats des labos concernant les corps exhumés sur le site de la mine. La thanatomorphose avait déjà commencé son travail, les corps sont abimés, ils sont pour l'instant au reposoir d'un hôpital de Sélestat. La section de recherche de Strasbourg y a fait un travail complet sans vraiment trouver d'indice supplémentaire. Les deux hommes, le contremaitre allemand, Lothar Braun, et le retraité Joseph Talloire ont été exécutés avec un pistolet 9mm, le Sig Sauer du Lituanien, la jeune stagiaire a été étranglée avec une corde qu'on a retrouvée dans la fosse, et elle était plutôt dénudée…toujours la signature des deux Lituaniens de Sotokine.
— Peut-on résumer l'affaire en disant que les blocages administratifs organisés par Pierre Burnhaupt ont précipité la déconfiture de Minalit, et que les dirigeants de la société ont cherché alors à mettre à l'abri la trésorerie : il s'agissait de récupérer 195 millions et chacun a essayé de faire de son mieux, si je puis dire ? résume Léa avec un regard pour Tom.
— Oui, le décès de Laura était, si on peut dire, une affaire complètement distincte, qui nous a mis sur une fausse piste ? remarque Tom.
— Et que conclure sur ce Louis Weber ? ajoute Léa.
— Nous n'avons aucune preuve matérielle de son implication dans un des assassinats, répond Durban, mais je pense qu'il était au courant de tout, il a sans doute aidé, mais n'a jamais trempé ses mains dans un meurtre.
— En tout cas c'est un type plutôt abject, d'après les dépositions de Jessica Weber et de Valérie Kuntz, s'insurge

Léa, il a tout fomenté, c'est un oiseau de malheur, s'écrie-t-elle….

Un silence…puis Laurent Durban poursuit :
— Nous devons organiser la prise de Svenson demain matin à Strasbourg.

**Jeudi** 23 septembre

## 26

À 21 heures, la veille, les deux gendarmes qui surveillaient Svenson dans son hôtel de Saint Hippolyte avaient envoyé un message à Durban : le Suédois a été rejoint par un type blond format garde du corps qui est reparti vingt minutes plus tard. Svenson a demandé dans sa chambre un petit déjeuner continental pour le lendemain à 6 heures.

Ces mêmes gendarmes envoient un message à Durban ce matin à 6 heures 20 pour signaler que Svenson est monté dans une voiture conduite par le type blond de la veille au soir.

À Strasbourg, boulevard du président Edwards, il est maintenant 7 heures, Durban est garé le long du trottoir à une centaine de mètres de l'entrée de l'immeuble de la BGPA qu'il surveille. Il a accepté la présence de Tom dans sa voiture.

Quatre gendarmes sont garés à une vingtaine de mètres de la BGPA dans une camionnette avec vitre sans tain pour la surveillance (un sous-marin, comme disent les professionnels).

Peu de circulation sur ce boulevard à cette heure, cela permet de repérer deux véhicules qui sont passés et repassés deux fois…

Durban et Tom ne se parlent pas, la concentration est maximale, ils écoutent les informations même anodines des différents gendarmes postés autour de la banque. Laurent Durban a obligé Tom à porter un gilet pare-balle car il est soucieux. Ses équipes ont perdu le contact avec Sotokine depuis son hôtel de Fouchy, cela ne présage rien de bon avec ses deux tueurs toujours libres. Il a aussi intimé l'ordre à Tom de ne pas sortir du véhicule de la gendarmerie, mais il sait que Tom est un électron libre.

À 7 heures 30 un employé de la banque vient ouvrir la grille d'entrée, permettant ainsi aux visiteurs de venir se garer dans l'enceinte de la BGPA, juste devant l'immeuble.

À 7 heures 42 le président Philippe Neuvillers arrive et gare son véhicule sur son emplacement réservé.

À 7 heures 50 les choses s'accélèrent : Svenson arrive dans la voiture conduite par son homme de confiance, mais juste après un 4x4 survitaminé, déjà repéré pour ses passages successifs s'engage vivement dans la zone de parking privatif de la banque, alors que Svenson et son chauffeur allaient s'engager vers le perron de l'immeuble.
Durban, informé par ses quatre gendarmes, leur demande de sortir et d'aller appréhender toutes les personnes se trouvant sur le parking, voire de neutraliser tout individu dangereux.
Lui-même démarre pour aller bloquer la sortie de ce parking vers la rue.

Arrivé sur place, Durban sort appuyer ses hommes, une fusillade a déjà commencé, le garde du corps de Svenson a blessé un des deux Lituaniens qui avaient débarqué du 4x4, ceux-ci ont répliqué et l'ont abattu, en blessant aussi Svenson qui tombe à terre, les gendarmes, munis de leur pistolet-mitrailleur, neutralisent sans peine les Lituaniens qui expient là leurs forfaits. Les gendarmes fouillent le 4x4 et extirpent Sotokine qui se rend.

Le calme semble être revenu sur le boulevard du président Edwards, même si la circulation a été interrompue par deux gendarmes, le temps de sécuriser la zone.

Tom est sorti du véhicule de Durban qu'il rejoint sur le perron de l'immeuble, Neuvillers ouvre précautionneusement la porte d'entrée de sa banque, le silence est revenu, les gendarmes laissent pendre leur pistolet-mitrailleur le long du corps.
Sotokine, les mains en l'air, regarde ses gardes du corps qui gisent devant lui. Deux gendarmes viennent lui passer des menottes et l'emmènent vers leur fourgon.

Svenson git à terre, gémissant, il a été touché au bras droit et à la jambe gauche. Debout devant lui, Durban dit à Tom qui l'a rejoint « rien de grave, nous allons l'arrêter aussi ».
Svenson, malgré ses blessures, n'arrête pas de vociférer, criant à l'erreur judiciaire, exigeant d'être libéré et remis à son ambassade et menaçant même les gendarmes de mettre fin à leur carrière car, grâce à ses hautes relations parmi les proches du roi de Suède, il y aurait des sanctions terribles pour les gendarmes français...il précise même une fois de plus, la bave

aux lèvres, que leur roi de Suède descendait du maréchal français Bernadotte, c'est tout dire…

Laurent Durban et Tom Randal rejoignent sur le perron Neuvillers un peu tremblotant :

— Votre rendez-vous de 8 heures va être en retard, monsieur Neuvillers, sourit Tom.

— J'ai des documents à vous faire signer, monsieur le président Neuvillers, il s'agit du blocage des comptes Minalit et de votre interdiction de procéder à tout mouvement de fonds sous peine d'un emprisonnement immédiat.

— Mais je..

— Si vous refusez, je vous mets en garde à vue immédiatement, tonne Durban.

— Euh…veuillez me suivre à mon bureau…

Durban et Tom se retrouvent face à Neuvillers dans son antre, est-ce une impression ou bien la moquette a poussé depuis hier soir ?

Avant de signer, Neuvillers se tortille devant Durban :

— Mon Commandant, veuillez m'excuser, mais j'ai encore une question à vous poser, puis-je ?

— Je vous écoute, articule Durban d'un ton neutre.

— Pour les demandes de virements qui n'ont rien à voir avec votre procédure judiciaire, est-il possible de donner une suite favorable aux souhaits des prêteurs russe et chinois, représentés par monsieur Sotokine ?

— Mais je vous ai dit, monsieur Neuvillers, que les comptes sont bloqués, tous les comptes.

— Mais monsieur Sotokine va…

— Monsieur Sotokine vient d'être arrêté, il sera jugé pour assassinat sur trois personnes, monsieur Neuvillers.

— Ah ? ah bon ?
— Oui monsieur le président, ne jouez pas avec le feu, je maintiens ma position. De plus l'actionnaire principal de Minalit est toujours vivant, la procédure déterminera s'il aura ensuite encore des droits sur ses parts. Et maintenant je vous prie de signer ces papiers où vous confirmez avoir bien reçu mon ordre de blocage des fonds et reconnaissez les risques que vous encourrez si vous ne respectez pas votre signature.

C'est un Neuvillers maugréant qui signe les documents.

## 27

En fin de matinée, Durban a organisé une réunion à la Brigade de Villé, avec Léa et Tom, ainsi que Delerme.

Il a conclu qu'il avait assez de preuves matérielles, sans compter les témoignages recueillis, pour envoyer le dossier au tribunal.

— Et en ce qui concerne Louis Weber ? demande Tom.

— Il reste pour l'instant en garde à vue, répond Durban, il risque une complicité d'assassinat, il était certainement présent tout le temps mais n'a pas laissée de trace ADN où que ce soit, un type habile mais détestable.

— Et Sotokine et Svenson ? reprend Léa.

— Pour eux ce sera évidemment plus grave, assassinat clair et net ! affirme Durban.

— Concernant les trois disparus, Sotokine a certes agi avec brutalité pour écarter ce qui pouvait nuire au plan de récupération des prêts de ses commanditaires, poursuit Léa.

— Mais ce qui me frappe, ajoute Tom, c'est la sauvagerie de l'assassinat de Claudia orchestré par Svenson, comme pour se venger d'elle qui portait atteinte à son projet de batteries en Suède et donc à sa fortune, maintenant disparue.

— C'est ignoble, conclut Léa.

Tout le monde essaie d'enregistrer que cette enquête est terminée, Léa et Tom se regardent, le commandant essaie quand même de plaisanter, « on m'avait pourtant prévenu en haut lieu qu'avec toi, Tom, il y a toujours beaucoup de morts quand tu enquêtes », mais le détective s'insurge, « Laurent, cette fois je n'ai pas tiré un seul coup de feu… ».

Le commandant referme son dossier, « finalement Pierre était donc innocent… » soupire-t-il.

Et Tom précise « Louis Weber a trempé dans les cinq assassinats sans tenir l'arme du crime ».

Léa ajoute « celle qui m'a le plus étonnée, c'est Claudia Svenson née Mangano, une stratège de vengeance froide arrêtée en plein vol au dernier moment par Svenson ».

C'est à ce moment que quelqu'un frappe à la porte puis entre sans attendre de réponse, c'est l'inarrêtable Sylvie, qui s'avance en majesté et annonce à voix forte, tel le Monsieur Loyal du cirque, « Monsieur le Procureur de la République ».

Le procureur s'avance, il est grand et mince, la quarantaine, en costume gris, d'emblée il se dirige vers le commandant Laurent Durban, « bonjour Laurent, dites-moi, vous m'avez surpris dans cette enquête, figurez-vous que mercredi, au vu de votre premier rapport fort complexe, je me suis dit voilà une affaire qui va durer des siècles, puis ce matin en recevant votre troisième rapport j'ai compris qu'il fallait que je vienne d'urgence pour prendre connaissance des lieux et des personnages que vous avez mis en garde à vue, quelle enquête foudroyante, Laurent, bravo ! ».

Puis le procureur se tourne vers Jacques Delerme, « il faut dire, Laurent qu'avec un major tel que Delerme vous aviez un atout dans votre équipe ! » et il serre chaleureusement la main du major.

Il fait ensuite mine de découvrir Léa et la salue également « chère Maitre Koenig, je suis ravi de vous revoir dans ces circonstances, nul doute que votre présence dans ce dossier n'ait été une aubaine pour l'enquête, mais si j'ai bien suivi, vous défendiez un certain Burnhaupt qui pouvait être coupable, mais qui ne l'était pas, et qui de toutes façons s'est plus ou moins suicidé, c'est bien cela, Maitre », « oui, plutôt moins » répond sobrement Léa.

« Voilà » conclut le procureur qui fait mine de s'apercevoir de la présence de Tom et de Sylvie restés en retrait,
Le procureur fait un petit signe à Sylvie « merci de m'avoir piloté jusqu'à cette pièce », Delerme se sent obligé de préciser que la gendarme Sylvie est en stage à la brigade de Villé.

« Et ce monsieur que je ne connais pas ? » demande le procureur à Durban :
— C'est mon adjoint, monsieur le procureur, intervient Léa, il m'a assisté dans la défense de mon client, monsieur Burnhaupt. Il s'appelle Tom Randal.
— Ah tiens ! Tom Randal, aussi détective privé ? j'ai déjà entendu parler de vous.
— En bien, j'espère, répond Tom.
— Tom a apporté dans sa propre enquête, intervient Durban, des indices positifs qui nous ont fait gagner beaucoup de temps dans nos recherches.
— Vous avez déjà coopéré avec le GIGN, m'a-t-on dit à Paris, mais on m'a aussi dit que vous étiez souvent à rouler sur

la ligne jaune. Comment s'est passée votre cohabitation avec le chef d'escadron Durban ?
— Très bien, mais pour vous répondre, tant que le pneu ne dépasse pas complètement de l'autre côté de la ligne continue, se défend Tom, c'est acceptable, non, qu'en pensez-vous monsieur le procureur ?

Le procureur rompt le combat, sourit, dit à Durban qu'il va saluer le reste des gendarmes de la brigade et s'apprête à sortir, piloté par Sylvie, « rejoignez-moi ensuite pour me montrer le domicile de Burnhaupt, ce fameux quartier Neudorf et le site de la mine ».

Le procureur sorti, la vie reprend, Durban veut savoir si Tom rentre à Paris ce soir ou demain dans la journée :
— Oh demain en début d'après-midi, déclare Tom.
— Je souhaiterais offrir ce soir à Tom, intervient Léa, un diner alsacien dans une winstub du coin, je vais aussi demander à ma copine Nina Beckmann de venir avec nous. Je serais très honorée, Commandant Durban, si vous acceptiez de vous joindre aussi à nous, accompagné de votre major Jacques Delerme. J'ajouterais volontiers aussi Simone Kieffer, si elle peut s'absenter, le temps du diner, de son hôtel des Trois Sapins. Je n'oublie pas Sepp Schmitt, mais je crains qu'il ne préfère rester veiller Jessica Weber.
— Un diner qui me réconforterait grandement !! souligne Tom.

La soirée s'est passée comme prévu, tout le monde est soulagé, les épisodes dramatiques sont derrière eux, il y avait quand même beaucoup de retenue, avec le souvenir des morts récents.

Tom a été félicité par tous les convives, à des titres divers…

Ils se sont séparés tard, Léa a tué tout suspense en s'accrochant au bras de Tom quand Nina lui a fait la bise sur la bouche, une variante de l'ancien baiser fraternel socialiste, façon Brejnev-Honecker…

Vendredi 24 septembre

## 28

Léa et Tom ont quitté l'hôtel des Trois Sapins vers midi en saluant chaleureusement Simone pour son accueil parfait.

Sur le quai de la gare de Colmar, Léa a voulu savoir où ils en étaient, Tom et elle, de leur relation. Alors que le grondement du train se faisait déjà entendre, il a répondu « viens me voir à Paris, je t'attends ».

Le train TGV ne s'est arrêté que quelques minutes, limitant les effusions à des regards intenses pleins de messages.

## Personnages

Pierre BURNHAUPT, 43 ans, directeur commercial, Colmar
Claudia MANGANO, 38 ans, italienne
Laura MANGANO, 18 ans, fille de Claudia
Léa KOENIG, 36 ans, avocate à Colmar
**A Villé :**
Louis WEBER, 51 ans, régisseur du quartier Neudorf
Jessica WEBER, 39 ans, épouse de Louis
Justine WEBER, 18 ans, fille de Louis
Elise WOLFF, 39 ans, joueuse de l'équipe de tennis
Jean WOLFF, 42 ans, mari d'Elise
Marie BERNARDIN, 37 ans, joueuse de l'équipe de tennis
Nina BECKMANN, 40 ans, psy et joueuse de l'équipe de tennis
Sepp SCHMITT, 32 ans, contremaitre en scierie
Dany SCHMITT, 28 ans, cousin de Sepp
Simone KIEFFER, 60 ans, gérante de l'hôtel des Trois Sapins
Gladys SENGEL, 51 ans, préparatrice en pharmacie
**Minalit :**
Valérie KUNTZ, 28 ans, secrétaire de Minalit
Boris SOTOKINE, 49 ans, lituanien, directeur de Minalit
Valère DERRIEN, 47 ans, directeur du site minier, Minalit
Sven SVENSON, 48 ans, suédois, président Minalit
Riho BISTRAS, 34 ans, lituanien, garde du corps de Sotokine
Jaak TUMENAS, 32 ans, lituanien, collègue de Riho
**Gendarmerie :**
Laurent DURBAN, 51 ans, commandant de compagnie, Sélestat
Jacques DELERME, 29 ans, major de la brigade de Villé
Gilles MEYER, 25 ans, lieutenant de brigade, Sélestat
Sylvie, 22 ans, stagiaire
**A Brumath** :
Denis PRICHARD, 60 ans, directeur hôpital psy Brumath
**Disparus :**
Lothar BRAUN, 52 ans, disparu
Joseph TALLOIRE, 64 ans, disparu
Maeva COLIN, 23 ans, disparue

Mes remerciements vont

à Michel et Olivier pour leur aide technique
ainsi qu'à Philippe pour ses conseils avisés

et bien sûr à Annick pour ses relectures